诗囚

孟郊论稿

戴建业 著

上海文艺出版社

果麦文化 出品

"何曾料到"与"未曾做到"

——写在九卷本"戴建业作品集"出版之前

三年前，我出过一套五卷本的作品系列，书肆上对这套书反响热烈，其中有些书很快便一印再印，连《澄明之境：陶渊明新论》这种学术专著也居于图书畅销榜前列。今年果麦文化联合上海文艺出版社，慨然为我推出九卷本的"戴建业作品集"，它比我所有已出的著作，选文更严，校对更精，装帧更美。

时下人们常常嘲笑说，教授们的专著只有两个读者——责编和作者。我的学术著作竟然能成为畅销书，已让我大感意外；即将出版的这套"戴建业作品集"，多家文化出版机构竞相争取版权，更让我喜出望外。

我的一生有点像坐过山车。

中学时期我最喜欢的是数学，在1973年那个特殊岁月，我高中母校夫子河中学竟然举办了一次数学竞赛，我在这场两千多名高中同学参与的竞赛中进入了前三名。一个荒唐机缘让我尝到了"当诗人"的"甜头"，于是立下宏志要当一名诗人。1977年考上大学并如愿读中文系后，我才发现"当诗人"的念头纯属头脑发昏，自己的志趣既不在当诗人，自己的才能也当不了诗人。转到数学系的希望落空后，只好硬着头皮读完了中文系，毕业前又因一时心血来潮，误打误撞考上了唐宋文学方向的研究生。何曾料到，一个中学时代的"理科男"，如今却成了教古代文学的老先生，一辈子与古代诗歌有割不断的缘分。

从小我就调皮顽劣，说话总是口无遮拦，因"说话没个正经"，没少挨父母打骂。先父尤其觉得男孩应当沉稳庄重，"正言厉色"是他长期给我和弟弟做的"示范"表情，一见我嘻嘻哈哈地开玩笑就骂我"轻佻"。何曾料到这种说话方式，后来被我的学生和网友热捧为"幽默机智"。

我长期为不会讲普通话而苦恼，读大学和研究生时，我的方音一直是室友们的笑料，走上大学讲坛后因不会讲普通话，差点被校方转岗去"搞行政"。何曾料到，如今"戴建业口音"上了热搜榜，网上还不断出现"戴建业口音"模仿秀。

1985年元月，研究生毕业回到母校华中师范大学后，为了弄懂罗素的数理逻辑，我还去自学高等数学《集合论》。这本书让我彻底清醒，不是所有专业都能"从头再来"，三十而后再去读数学已无可能。年龄越大就越是明白自己的本分，从此便不再想入非非，又重新回到读研究生时的那种生活状态：每天早晨不是背古诗文便是背英文，早餐后不是上课就是读书作文，有时也翻译一点英文小品，这二十多年时光我过得充实而又平静。近十几年来外面的风声雨声使我常怀愤愤，从2011年至2013年底，在三年时间里我写了四百多篇文化随笔和社会评论，因此获得网易"2012年度十大博客（文化历史类）"称号。澳门大学教授施议对先生、《文艺研究》总编方宁先生，先后热心为我联系境外和境内出版社。当年写这些杂文随笔，只想发一点牢骚，说几句真话，何曾料到，这些文章在海内外产生了相当广泛的影响，博得"十大博客"的美名，并在学术论文论著之外，出版了系列杂文随笔集。

或许是命运的善意捉弄，或许是命运对我一向偏心，我的短处常常能"转劣为优"，兴之所至又往往能"歪打正着"，陷入困境更屡屡能"遇难成祥"。大学毕业三十周年时，我没日没夜地写下两万多字的长篇纪念文章，标题就叫《碰巧——大学毕业三十周年随感》。的确，我的一生处处都像在"碰巧"。也许是由于缺少人生的定力，我一生都在命运之舟上沉浮，从来都没有掌握过自己的命运，因而从不去做什么人生规划，觉得"人生规划"就是"人生鬼话"。

说完了我这个人，再来说说我这套作品。

这套"戴建业作品集"由三部分组成：六本学术专著和论文集，两本文学史论，一本文化社会随笔。除海外出版的随笔集未能收录，有些随笔杂文暂不便选录，已出版的少数随笔集版权尚未到期，另有一本随笔集刚签给了他家出版社，部分文献学笔记和半成品来不及整理，有些论文和随笔不太满意，有些学术论文尚未发表，业已发表的文章和出版的专著，只要不涉及版权纠纷，自己又不觉得过于丢脸，大都收进了这套作品集中。

每本书的缘起、特点与缺憾，在各书前的自序或书后的后记都有所交代，这里只谈谈自己对学术著述与随笔写作的期许。

就兴趣而言，我最喜欢六朝文学和唐宋诗词，教学上主要讲六朝文学与唐代文学，学术上用力最多的是六朝文学，至于老子的专著与庄子的论文，都是当年为了弄懂魏晋玄学的副产品，写文献学论文则是我带博士生以后的事情。文学研究不仅应面对作品，最后还应该落实到作品，离开了作品便"口说无凭"，哪怕说得再天花乱坠，也只是瞎说一气或言不及义。我在《澄明之境：陶渊明新论》初版后记中说过："古代文学研究的真正突破应当表现为：对伟大的作家、伟大的作品、重要的文学现象、著名的文学流派和社团，提供了比过去更全面的认识、更深刻的理解，并做出更周详的阐释、更缜密的论述。从伟大的作家身上不仅能见出我们民族文学艺术的承传，而且还可看到我们民族审美趣味的新变；他们不仅创造了永恒的艺术典范，而且表现了某一历史时期精神生活的主流，更体现了我们民族在那一历史时期对生命体验的深度。"虽心有所向，但力有未逮，研究伟大作家和伟大作品，既需要相应的才气，也需要相应的功力，可惜这两样我都不具备。

差可自慰的是，我能力不强但态度好，不管是一本论著还是一篇论文，我都希望能写出点新意，并尽力使新意言之成理，即使行文也切记柳子厚的告诫，决不出之以"怠心"和"昏气"，力求述学语言准确而又优美。

对于文化随笔和社会评论，我没有许多专家教授的那种"傲慢与偏见"。论文论著必须"一本正经"，而随笔杂文可以"不衫不履"；论文论著可以在官方那里"领到工分"，而随笔杂文却不算"科研成果"。因此，许多人从随笔杂文的"无用"，推断出随笔杂文"好写"。殊不知，写学术论文固然少不得才学识，写杂文随笔则除了才学识之外，"还"得有或"更"得有情与趣。仅仅从文章技巧来看，学术论文的章法几乎是"千篇一律"，随笔杂文的章法则要求篇篇出奇，只要有几篇章法上连续重复，读者马上就会掉头而去。

我试图把社会事件和文化事件视为一个文本，并从一个独特的文化视角进行审视，尽可能见人之所不曾见，言人之所未尝言。如几个月前北京大学校长林建华念错字引起网络风波，我连夜写下一万两千多字的长文《"鸿鹄之志"与网络狂欢——一个审视社会心理的窗口》，在见识的深度之外，还想追求点笔墨趣味。近几年我从没有中断过随笔杂文的写作，只是藏在抽屉里自娱自乐，倒不是因为胡说八道而害怕见人，恰是因文章水平偏低而羞于露脸，像上面这篇杂文仅给个别好友看过，没有收进任何一本随笔集里。

我一生都对自己的期望值不高，"何曾料到"最后结局是如此之好，而我对自己的文章倒是悬的较高，可我的水平又往往"未曾做到"。因此，我的人生使我惊喜连连，而我的文章却留下无穷遗憾。

自从我讲课的视频在网上广为流传以来，无论在路上还是在车上，无论是在武汉还是在外地，无论是男性还是女性，地不分南北，人不分老幼，总有粉丝要求与我合影留念。过去许多读者喜欢看我的文章，现在是许多粉丝喜欢听我讲课。其实，相比于在课堂上授课，我更喜欢在书斋中写作，我写的也许比我讲的更为有趣。

我赶上了互联网的好时代，让我的文章和声音传遍了大江南北；我遇上了许多好师友好同事，遇上了许多好同学好学生，遇上了许多好粉丝好网友，还遇上了许多文化出版界的好朋友，让我有良好的成长、学习和工作环境。我报答他们唯一的办法，是加倍地努力，加倍地认真，写出更多更好的作品，录下更多更好的课程，以不负师友，不负此生！

戴建业

2019年4月15日

剑桥铭邸枫雅居

目录

序

　　建业读研究生时攻唐宋文学，并选孟郊诗作毕业论文，写成《孟诗论稿》一册。我读了很感兴趣，觉得既全面又细密，有助于了解和欣赏东野其人其诗。

　　孟郊（东野）的诗，今存四百四十多首。他和贾岛齐名并称，影响中国后世诗歌，同是既深且远。历代诗歌流派的大浪洪峰，淘去了许多名诗人、大诗家的面影，但孟郊的声音和风貌是淘不掉的。他的诗格不必靠名句、巧对知识，他的气味、骨相是靠那瘦硬和沉潜的精魂使人一接近就知道的。诗家称"郊岛"，实际上，郊可摄岛。《长江集》有《投孟郊》一首，比郊为如来佛，直指心传，不从文字入（自"我知雪山子，谒彼偈句空"以下，"叙诘谁君师，诎言无吾宗。余求履其迹，君曰可但攻。啜波肠易饱，揖险神难从"，不啻说，郊向自己传授心法）。据此可知孟郊是中唐诗坛一大派的领袖。韩愈名位高，文学成就方面较多，所以论中唐诗者推韩孟，以韩为首，而孟郊实开风气之先。

　　再从唐代诗风流变看，唐诗大致重粉泽，应试及交际是它的根源。李、杜虽不由科举出身，亦难逃风气。经天宝之乱，元结感激，《箧中集》不录近体。孟郊承之，力背时流，唐诗始脱于试帖习气。

韩愈响应，加以怪变（"险语破鬼胆""百怪入我肠"），一时才士应和，卢仝、张籍、李贺、刘叉，加以郊、岛，蔚为大国。然郊、岛特立，奄有诸君。比而论之，退之尚有应酬语，如《长安交游者一首赠孟郊》，蒋抱玄评曰"意调大率浅露，殆信口为之耳"，是其一例。《送俱文珍》亦多见诋諆。此种正坐应酬，本不必以诗论。至于孟东野诗，论奇则"借车载家具，家具少于车"（《借车》），胜玉川子长篇；论巧喻，则"似开孤月口，能说落星心"（《晓鹤》，字从东坡，题从集，东坡作《闻角》），殆过长吉。综观全集，摆落涂饰，直披心相，殆所谓"大巧若拙，大辩若讷"。下字避熟俗如蛇蝎，近启浪仙，远裔山谷。若疑其不能作直寻胜语，观与退之《莎栅联句》：

冰溪时咽绝，风栀方轩举（韩愈）。

此处不断肠，定知无断处（孟郊）。

如赤手缚龙蛇，岂"苦吟"所能尽！

到宋朝，苏子瞻崇敬退之，憎恶东野，断言"要当斗僧清，未足当韩豪"（《读孟郊二首》之一）。又《祭柳子玉文》云："元轻白俗，郊寒岛瘦。"元白且置。说"郊寒"，意思恐怕是指孟郊诗骨多肉少。这好像论书法，东坡喜肥，反对少陵的"书贵瘦硬"论。亦如看花，何必海棠，"寒梅"亦是至上标格。——我们不必为东野担心，东坡自己在第二首中把话又说回来了："尚爱铜斗歌，鄙俚颇近古。"好了，我们且引铜斗歌来念一番，借此替东野恢复身价也好。这是《孟东野诗集》中的《送淡公十二首》的第三首，现依东坡诗意录五首如下：

铜斗饮江酒，手拍铜斗歌。侬是拍浪儿，饮则拜浪婆。脚踏小舡头，独速无短莎（亦作"舞短莎"）。笑伊渔阳操，空恃文章多。闲倚青竹竿，白日奈我何。

——《送淡公十二首》其三

短蓑不怕雨，白鹭相争飞。短楫画菰蒲，斗作豪横归。笑伊水健儿，浪战求光辉。不如竹枝弓，射鸭无是非。

——其四

射鸭复射鸭，鸭惊菰蒲头。鸳鸯亦零落，彩色难相求。侬是清浪儿，每踏清浪游。笑伊乡贡郎，踏土称风流。如何收角翁，至死不裹头。

——其五

师得天文章，所以相知怀。数年伊雒同，一旦江湖乖。江湖有故庄，小女啼喈喈。我忧未相识，乳养难和谐。幸以片佛衣，诱之令看斋。斋中百福言，催促西归来。

——其六

诗人苦为诗，不如脱空飞。一生空鸶气，非谏复非讥。脱枯挂寒枝，弃如一唾微。一步一步乞，半片半片衣。倚诗为活计，从古多无肥。诗饥老不怨，劳师泪霏霏。

——十二

这种诗，既放又拙，却无所谓"寒"。其他如此风采的不少，如《看花五首》，现录第二首：

芍药谁为婿？人人不敢来。唯应诗待老，日日殷勤开。玉立无气力，春凝且徘徊。将何谢青春，痛饮一百杯。（第三句"诗待老"，明弘治刻本作"待诗老"。）

读这种诗，便知东坡的"郊寒"之说太粗疏太随意。又如山水诗，显见是步趋谢客的，却仍是东野声口，也非"寒"。

一千多年过去了，知东野的仍莫如退之，全面论孟诗及其人，无过《荐士》，诗长不抄，录《答孟郊》：

规模背时利，文字觑天巧。人皆余酒肉，子独不得饱。才春思已乱，始秋悲又搅。朝餐动及午，夜讽恒至卯。名声暂膻腥，肠肚镇煎熬。古心虽自鞭，世路终难拗。弱拒喜张臂，猛拿闲缩爪。见倒谁肯扶？从嗔我须咬。

检退之于东野，多称字而不名，唯有两首诗称名——《长安交游者一首赠孟郊》及《答孟郊》，注家疑诗无答意。我以为此是深知东野之人与诗后作。殆如誓言，故如此郑重。

后四句，注多未尽诗意。如赵翼曰："四语竟写挥拳相打矣，未免太俗。"（《瓯北诗话》卷三）瓯北不解韩诗，亦不知韩孟交谊之深厚，无足怪。按诗意，"弱拒"二句是说，世人喜软熟，故张臂迎之。"猛拿"是说性倔强者，则闲且袖手，不一援助。"见倒"二句，韩公自许。人欺东野纯正善良，必挤排去之，退之自言必扶持东野，众人嗔恨，我臂力尽，用口咬亦得。此如后世郑燮自刻一印曰："徐青藤门下走狗"，又如英国赫胥黎自称"达尔文咬犬"之类。唐代社会及文学家似乎和明清文人很不同。

建业的书第一章讲东野的精神世界，很得要领，其余各章，精彩的意见不时涌现，是东野千载下的知己。此聊为读后感耳，"序"云乎哉！

曹慕樊

一九九二年岁杪

引言

　　中唐诗坛上影响最大的诗派是韩孟诗派和元白诗派。清人赵翼在《瓯北诗话》卷四中说:"中唐诗以韩、孟、元、白为最。韩、孟尚奇警,务言人所不敢言;元、白尚坦易,务言人所共欲言。"[1]作为韩孟诗派奠基人的孟郊,在中唐诗坛上无疑占有不容忽视的地位。遗憾的是,解放以来,这位不容忽视的诗人恰恰在某种程度上被人们无视了:虽然这几十年较权威的文学史都慷慨地给孟郊留有专节,既承认他是中唐一位"优秀的诗人"[2],也肯定"孟郊诗在文学史上影响是不小的"[3],但关于孟郊的研究论文竟然寥寥无几。这种局面的形成主要是由于孟郊的诗论及其创作不像白居易那样极端地强调诗歌的功利目的,因而在以前片面强调"文艺为政治服务"的年代就难以为人们所注重。研究者对元白诗派尤其是白居易的过分热情,造成了对孟郊也包括韩孟诗派的相对冷淡。这种现象与近现代的孟诗研究正好形成了一种有趣的对比:1949年以前不少学者纷

---

1. 赵翼:《瓯北诗话》,《清诗话续编》,上海古籍出版社1983年,第1173页。
2. 中国社会科学院文学研究所编:《中国文学史》,人民文学出版社1962年,第471页。
3. 游国恩等编:《中国文学史》第二册,人民文学出版社1963年,第163页。

纷为孟诗作注，对孟诗的艺术价值进行认真的发掘和总结，接二连三地出版了陈延杰的《孟郊诗注》、夏敬观的《说孟》和《孟郊诗选》。闻一多先生更毫不掩饰地"扬孟抑白"，他一方面指出孟郊和白居易是各自诗派的主将："这边老年的孟郊，正哼着他那沙涩而带芒刺感的五古，恶毒地咒骂世道人心。夹在咒骂声中的，是卢仝刘叉的'插科打诨'和韩愈的宏亮嗓音，向佛老挑衅。那边元稹、张籍、王建等，在白居易的改良社会的大纛下，用律动的乐府调子，对社会泣诉着他们那各阶层中病态的小悲剧"[1]；一方面又尖锐地指出："作'新乐府'的白居易，虽嚷嚷得很响，但究竟还是那位香山居士的闲情逸致的冗力的一种舒泄，所以他的嚷嚷实际上只等于猫儿哭耗子。孟郊并没有作过成套的'新乐府'，他如果哭，还是为他自身的穷愁而哭的次数多，然而他的态度，沉着而有锋棱，却最合于一个伟大的理想的条件"，因为孟郊的诗充盈着一种被"生活磨出来的力"[2]。如果我追寻一下更远的历史还会发现，孟郊以及韩孟关系一直是中唐以后人们十分热衷的话题，孟郊的诗名也像他生前的为人一样，博得了很多人由衷的赞叹，也受够了不少人的白眼。对于孟诗的毁与誉、褒与贬简直像针尖对麦芒，褒之者说："有穷者孟郊，受材实雄骜。冥观洞古今，象外逐幽好。横空盘硬语，妥帖力排奡。敷柔肆

1. 闻一多：《唐诗杂论》，《闻一多全集》卷三，三联书店1982年，第37页。
2. 闻一多：《诗与批评》，《闻一多全集》卷三，第391页。

纤余，奋猛卷海潦。荣华肖天秀，捷疾逾响报"[1]，"孟之诗，五言高处，在古无上；其有平处，下顾二谢"[2]。贬之者说："高、岑之诗悲壮，读之使人感慨；孟郊之诗刻苦，读之使人不欢"[3]，"东野穷愁死不休，高天厚地一诗囚。江山万古潮阳笔，合在元龙百尺楼"[4]。如果说历史上对孟诗得失的激烈争论激发了我学习孟诗的兴趣，那么，解放后对孟诗研究的相对冷落却成了我写这篇文章的反面诱因。

　　本文试图在比较广阔的文化背景上阐明孟郊对中唐诗坛的贡献，重新评价他诗歌的思想意义和艺术价值，平议历史上关于孟诗有代表性的褒、贬意见，以求给予他与其诗歌成就相称的文学地位。本文的论旨是：孟郊不仅以他的诗歌理论，而且以他成功的诗歌创作为韩孟诗派的形成奠基了基础；由于他一生那倒霉的坎坷经历，使他对人生的体验达到了中唐其他诗人难以比并的深度；他抒发深挚的感情、诅咒炎凉的世态和指斥权贵的奸诈的诗歌，在内容上与元白新乐府、讽喻诗相互补充，使中唐诗歌更加全面反映了当时的社会现实；他奇崛、冷峻、苦涩的诗歌风格和瘦硬而又丰腴、朴拙而又工巧的诗歌语言，与元白平易流走的诗风相互辉映，使百花竞

1. 韩愈：《荐士》，《韩昌黎诗系年集释》，古典文学出版社1957年，第528页。
2. 李观：《上梁补阙荐孟郊崔宏礼书》，引自华忱之校订《孟东野诗集》附录，人民文学出版社1959年，第288页。
3. 严羽著、郭绍虞校释：《沧浪诗话校释》，人民文学出版社1961年，第181页。
4. 元好问：《论诗绝句三十首》，引自郭绍虞主编《中国历代文论选》第二册，上海古籍出版社1979年，第450页。

放的中唐诗坛更加绚丽多姿；从他老年诗歌创作的杰出成就来讲，他是中唐一位十分重要的诗人，而他又比元和时代的其他重要诗人如元稹、白居易、韩愈、柳宗元、刘禹锡等约长一二十岁，从他步入诗坛的时间讲，他又如韩愈所指出的那样，是李白、杜甫、元结到元和之间的一座桥梁[1]。以上诸因素的总和历史地确定了孟郊在中唐诗坛上特殊的重要地位。

围绕这一论旨本文的构思大致是这样：全文共分九章，第一章论述孟郊的精神生活，鉴于他的大部分诗歌内容为哀生之嗟，本章着重分析他由嗟生到愤世的心灵历程，揭示他何以由人生痛苦的存在走进生命存在的深度；第二章是从文艺理论的角度提出问题的，论述他对诗之真的认识，包括他关于诗之"真"内涵、从艺术上达到真的途径、他的诗论的渊源以及对韩孟诗派形成的重大意义；第三章是从创作主体的角度，论述孟郊的艺术个性，同时对前人关于他艺术个性的评论提出个人不成熟的意见；第四章是从风格学的角度，论述他诗歌风格的特质与成因，辩驳前人对他诗风一些不实的指责；第五章阐述他诗歌语言的艺术特色，辨析前人对他诗歌语言的正反意见；第六章比较韩愈和孟郊诗风上的同异，兼论他们二人在诗歌创作上的相互影响与相互激励对形成韩孟诗派的决定作用；

---

1. 参见韩愈《送孟东野序》(《昌黎先生集》卷十九，《四部备要》本，上海中华书局，第20页)，及《荐士》(《韩昌黎诗系年集释》，古典文学出版社1957年，第528页)。

第七章从社会学的角度考察他的言贫诗对中唐社会反映的历史广度和深度；第八章论述他的山水诗，并借此探讨中唐庶族地主阶级士人体验自然的一种新的情感态度；第九章是从文学史的角度提出问题的，从纵横两个方面论述孟郊在文学史上的地位。

本文是否完成了上面所提出的任务呢？笔者没有做出任何肯定回答的自信，这是因为：（一）勃兰兑斯曾经说过："如果从历史的观点看，尽管一本书是一件完美、完整的艺术品，它却只是从无边际的一张网上剪下来的一小块。"[1] 孟郊诗歌不是与时代隔绝的孤立的艺术品，它与中唐社会的经济、政治、文化、人们的心理和审美情趣都有着盘根错节的联系，要准确地评价孟诗的思想情感和艺术价值，就得熟悉中唐社会那张"无边无际"的网，而我的历史、民俗、文学史知识则过分空疏；（二）孟郊一生的经历坎坷而又丰富，他的诗歌在艺术形式上又结体古奥，连封建时代的文人也认为孟郊诗歌"精深高妙，诚未易窥"[2]，以我这样一个阅历简单、感情粗浮、文学功底浅薄的青年，很难深刻地领会孟郊那种深沉真挚而又峭激苦涩的诗情，也难于把握他那种别具一格的奇崛诗风；（三）为了给自己的浅薄无能找一点借口，时间的有限和资料的缺乏也是一个原因。因此，假如说本文定然免不了隔靴搔痒的肤廓之谈和郢书燕说的笑话，那绝不是我个人在这里故作谦虚。

---

1. 勃兰兑斯：《十九世纪文学主流》第一分册，人民文学出版社1980年，第2页。
2. 曾季狸：《艇斋诗话》，《历代诗话续编》，中华书局1983年，第324页。

第一章

孟郊：一个痛苦的存在

——论孟郊的精神生活

孟郊到老还希望自己的人生能"春风得意"，但他却潦倒困顿终生；他一辈子都在诅咒贫穷饥寒，可偏偏一辈子不得不与贫穷饥寒作伴。显然，他的精神生活难得潇洒豪迈，更谈不上雍容优雅，他来到人世像是特地为了体验不幸、痛苦、贫穷、凄凉，连不大喜欢他的苏轼也说他"诗从肺腑出，出辄愁肺腑"[1]。然而，痛苦的存在使他得以走进生命存在的深度，使他对人生与社会都有深至的认识和体验；在现实世界处处碰壁，使他把身心都倾注于精神创造，并最终成为一位开宗立派的诗人。正是苦难和不幸玉成了他，伤心的眼泪凝成了他那诗的珍珠。

他的大部分诗作都是抒发自己精神的痛苦，而精神生活的痛苦

---

1. 苏轼：《读孟郊诗二首》之二，《苏轼诗集》，中华书局1982年，第797页。

又表现在他对悲惨人生的体验中，表现在他精神结构的情与理的分裂里，同时也表现在他精神的创造过程即"苦吟"中，因此，这三个方面就构成了本章要阐述的主要内容。

一

四十三岁那年孟郊第二次考进士下第，他一气之下自朔方南游湖楚，《下第东南行》说"越风东南清，楚日潇湘明。试逐伯鸾去，还作灵均行"，看样子好像要仿效屈原行吟泽畔以抒愤。想不到，他到了屈原沉江的湘沅后，却又毫不讲理地把屈原给数落了一通：

分拙多感激，久游遵长途，经过湘水源，怀古方踟蹰。旧称楚灵均，此处殒忠躯。侧聆故老言，遂得旌贤愚。名参君子场，行为小人儒，骚文炫贞亮，体物情崎岖。三黜有愠色，即非贤哲模。五十爵高秩，谬膺从大夫。胸襟积忧愁，容鬓复凋枯。死为不吊鬼，生作猜谤徒。吟泽洁其身，忠节宁见输。怀沙灭其性，孝行焉能俱。且闻善称君，一何善自殊；且闻过称己，一何过不渝……

——《旅次湘沅有怀灵均》

诗题虽为"有怀灵均"，但屈原在他眼里却一无是处：他那些

"惊采绝艳"的骚辞，只不过是为了炫耀自己情操的"贞亮"；那些"体物"之情"崎岖"激荡而又忧郁悲伤，有违君子"中正和平"的精神境界；三次贬官便形诸"愠色"，也未免太狷狭浮躁了点儿，哪有一点儿贤哲与时消息的度量？整日地满面忧伤，愁思郁结，与那些坦荡无闷的圣贤相去何其遥远；一个人到泽畔行吟以洁其身，把忠君之节也弃而不顾，至于沉江自绝其性，更弃绝了对父母必须履行的孝道。总之，他露才扬己，不忠不孝，虽然名忝君子之场，其行不过是小人之儒而已，生前是个喜欢猜谤别人又常遭别人猜谤的"小人儒"，死后更是个无人吊悼的死鬼。

孟郊这儿对屈原的责难，完全是跟着汉儒学舌，我们来看看班固的《离骚序》："今若屈原，露才扬己，竞乎危国群小之间，以离谗贼。然责数怀王，怨恶椒、兰，愁神苦思，强非其人，忿怼不容，沉江而死，亦贬洁狂狷景行之士。"[1]孟郊上面那首诗不只是把班固的散文换成了韵语，班固仅是不讲情理的指责，"死为不吊鬼，生为猜谤徒"简直就是谩骂，班固尚且承认骚文"弘博丽雅，为辞赋宗"[2]，而在孟郊眼里这只是炫耀自己情操"贞亮"的一件华丽的外衣。这也许是历史上对屈原最苛酷的批评了，连宋代那些大谈存天理去人欲的道学先生也没有这样非难过屈子，朱熹还撰有《楚辞集

---

1. 班固：《离骚序》，引自郭绍虞主编《中国历代文论选》第一册，上海古籍出版社1979年，第89页。
2. 同上。

注》八卷，把屈原作为志行高洁的典范。

令人费解的是孟郊自己也并不温柔敦厚，他的内心世界从来没有中正和平过，他的情感更是一直在走极端：吟"默默寸心中，朝愁续暮愁"(《卧病》)[1]的是他，唱"春风得意马蹄疾，一日看遍长安花"的也是他。从他现存的诗作来看，真正"春风得意"好像仅只登科后那一短暂的时光，他的一生屡屡被逼到人生绝境："四望失道路，百忧攒肺肝。"(《商州客舍》)将他指责屈原的"胸襟积忧愁，容鬓复凋枯"这句话，移以评他自己再切合不过了。他一生的悲剧是那个社会大多数寒士的典型，而他个人也用一生的潦倒不幸为代价，体味了一个正直无依的寒士生存的艰难，深刻地认识到了上层社会的虚伪腐败，因而他的意义不在于修得了儒家所推崇的那种近于麻木的中正和平的心境，而是他毕生用愤怒的调子，喊出了寒士心中的不平之鸣，在当时的士林激起了广泛的回响。闻一多先生在谈到元和诗坛时说："老年的孟郊，正哼着他那沙涩而带芒刺感的五古，恶毒地咒骂世道人心。"[2]由于他诗风的别具一格，更由于他对黑暗的"世道人心"的咒骂叫人拍手称快，他身边有一大批崇拜者和模仿者，李肇的《唐国史补》卷下载："元和已后……诗章则学矫激于孟郊，学浅切于白居易。"[3]他不是不满于屈原的"体物情崎

---

1. 书中所有孟郊的诗、文的引文，均引自华忱之校订《孟东野诗集》(人民文学出版社1959年版)，为了节省篇幅，随文夹注，后仿此。
2. 闻一多：《唐诗杂论》，《闻一多全集》卷三，三联书店1982年，第37页。
3. 李肇：《唐国史补》卷下，上海古籍出版社1979年，第57页。

岖"吗？"矫激"比"情崎岖"走得更远。我们在此绝不想反唇相讥，像孟郊指责屈原那样去指责孟郊的"矫激"，相反，倒是认为正是这种矫激给他的诗情带来了深沉和"锋棱"[1]。对他非难屈原的心理动因的分析且挪到后文，眼下我们的焦点要集中于他矫激之情所蕴含的社会内容上——他的矫激来自对举场昏浊的愤慨，来自对造成自己终生困顿的世道的不满，来自对"王门与侯门"的愤激。

现存《孟郊集》中应进士之前的诗作很少。四十岁以前他一直在江南和中原地带流浪，去长安应进士试他才得以深入社会，得以深刻地体验人生，而他人生一连串的悲剧也从应进士试开始。四十一岁那年，他觉得自己"才饱身自贵"（《题韦承总吴王故城下幽居》），于是唱着"白鹤未轻举，众鸟争浮沉"（《湖州取解述情》），第一次来长安应进士试，满以为自己这只不轻举的白鹤，在"争浮沉"的"众鸟"中，一定会鹤立鸡群，旗开得胜。可他高兴得太早了一点。韩愈在《孟生诗》中勾勒了他刚来长安应试时那副寒酸土气的模样："揭来游公卿，莫肯低华簪。谅非轩冕族，应对多差参。"[2]从孟郊拙于应酬的样子，韩愈知道他决不是出于"轩冕族"，可这位寒门孤士又自负才华，觉得凭自己的实力就可平步"青云路"（《长安旅情》），所以"莫肯低华簪"去巴结公卿。这次考试落第的下场是可以预料的，但对孟郊来说却是次意外的打击，看到榜上无名后，

---

1. 参见《烙印序》，《闻一多全集》卷三，三联书店1982年。
2. 韩愈：《荐士》，《韩昌黎诗系年集释》，古典文学出版社1957年，第12页。

他觉得痛苦羞辱极了：

　　拔心草不死，去根柳亦荣。独有失意人，恍然无力行。昔为连理枝，今为断弦声。连理时所重，断弦今所轻。吾欲进孤舟，三峡水不平。吾欲载车马，太行路峥嵘。万物根一气，如何相互倾。

——《感兴》

　　人生的道路似乎已走到了尽头，此刻他没有想到"忠节宁见输"和"孝行焉能俱"这些他苛求于屈原的问题，现在他也想到自杀了，落第无论生还是死都是耻辱，但"死辱片时痛"而"生辱长年羞"（《夜感自遣》）。之所以没有去死，与其说是他缺乏自杀的勇气，还不如说是他对举场的丑恶还没有深入的了解，更不如说是对中举还抱有一线希望。《失意归吴因寄东台刘复侍御》一诗说："自念西上身，忽随东归风。长安日下影，又落江湖中。离娄岂不明，子野岂不聪。至宝非眼别，至音非耳通。因缄俗外词，仰寄高天鸿。"离娄是传说中能视百步之外的目明者，子野是能听千里之外的耳聪者，诗中用来指代主考官。自己这次下第不是考官不公平，也不是他们缺乏鉴赏力，而是自己这块至宝或这曲至音，绝非凡眼能别凡耳能通的，要等到非常之人才能识我这非常之器。可怜的孟郊要再碰次钉子后，才明白离娄既不明子野也不聪。

　　第二年，他又来到长安碰运气，可是仍然没有人识得他这块"至宝"，他又一次被拒绝于进士的大门之外，《再下第》说："一夕九起嗟，梦短不到家。两度长安陌，空将泪见花。"久困举场使他面目枯槁，形容憔悴（见《下第东南行》），他悲痛得心如刀绞：

晓月难为光，愁人难为肠，谁言春物荣，岂见叶上霜。
雕鹗失势病，鹪鹩假翼翔。弃置复弃置，情如刀刃伤。

——《落第》

不过他再也不会天真地认为考官们是耳聪目明的离娄和子野了，他已看清举场的种种污秽，"始知喧竞场，莫处君子身"（《长安羁旅行》）。任凭你才凌屈宋、德齐古贤，如果没有过硬的后台或靠山，如果不曲意逢迎权贵，等待你的结局肯定是"本望文字达，今因文字穷"（《叹命》）。下面一首写于他再下第之后，不仅表现了他个人痛苦的深度，也表现了他对上层社会认识的深度：

食荠肠亦苦，强歌声无欢。出门即有碍，谁谓天地宽。
有碍非遐方，长安大道旁。小人智虑险，平地生太行。镜
破不改光，兰死不改香，始知君子心，交久道益彰。君心
与我怀，离别俱回遑，譬如浸蘗泉，流苦已日长，忍泣目
易衰，忍忧形易伤。项籍非不壮，贾生非不良，当其失意
时，涕泗各沾裳。古人劝加飧，此飧难自强。一饭九祝噎，
一嗟十断肠。况是儿女怨，怨气凌彼苍。彼苍昔有知，白

日下清霜。今朝始惊叹，碧落空茫茫。

——《赠崔纯亮》

几次进出考场，始而自负激动，继而绝望痛苦，接下来便是明白真相后的愤愤不平："王门与侯门，待富不待贫，空携一束书，去去谁相亲"（《大梁送柳淳先入关》），"曲木忌日影，谗人畏贤明。自然照烛间，不受邪佞侵"（《古意赠梁补阙》），"谁言碧山曲，不废青松直。谁言浊水泥，不污明月色。我有松月心，俗骋风霜力"（《寓言》）。

胡震亨说："以时事入诗，自杜少陵始；以名场事入诗，自孟东野始。"[1]因为他不是名场旁观者而是名场的受害人，所以他对名场种种丑恶现象的抨击就格外激切，因而成了失意于举场的寒士的代言人。唐代科举制度的确立，使一大批庶族地主的子弟得以走上政治舞台，打破由门阀世族一统天下的局面。"起宰相于寒门"这一历史的要求，已变成了一种社会现实，从前的世家大族逐渐失去了往日的光环，"旧时王谢堂前燕，飞入寻常百姓家"。但是，这只是表明世族开始走向衰微，它的淫威余焰没有完全消失，门户等级观念还有广泛的社会影响，不少当朝主政的寒族又逐渐蜕变为新贵。他们一方面通过门荫爬上高位，一方面操纵举场堵塞寒门子弟的仕进之路。越到后来举场的流弊越多，考官既以此来结党营私，举子因

---

1. 胡震亨：《唐诗谈丛》卷二，《丛书集成初编》本，第27页。

而也借此卖身投靠，才学的较量恶变为利害的权衡。《唐摭言》卷二载："贞元、元和之际，又益以荐送相高。"[1]在当时出现这种现象一点也不足为怪："得举者不以亲，则以势；不以贿，则以交；未必能鸣鼓四科，而裹粮三道。其不得举者，无媒无党，有行有才，处卑位之间，仄陋之下，吞声饮气，何足算哉！"[2]那种环境自然迫使大批举子出卖人格和灵魂，争相"驱使府寺之廷，出入王公之第，陈篇希恩，奏记誓报，故俗号举人皆称'觅举'"[3]。有时考试是为了障人耳目，中举者的名单考前就内定了。《资治通鉴·唐纪五七》载："长庆元年三月……右补阙杨汝士与礼部侍郎钱徽掌贡举。西川节度使段文昌、翰林学士李绅，各以书属所善进士于徽。及榜出，文昌、绅所属皆不预。及第者郑朗，覃之弟；裴撰，度之子；苏巢，宗闵之婿；杨殷士，汝士之弟也。文昌言于上曰：'今岁礼部殊不公，所取进士皆子弟无艺，以关节得之。'上以问诸学士，德裕、稹、绅皆曰：'诚如文昌言。'"[4]文中提到的这些炙手可热的公卿子弟，即使"无艺"也照样高中。

韩孟诗派中的一些著名诗人，要么久困举场，如韩、孟；要么终生不第，如贾岛。韩愈在《上兵部李侍郎书》中说："家贫不足

1. 王定保：《唐摭言》，古典文学出版社1957年，第14页。
2. 王定保：《唐摭言》，第67页。
3. 欧阳修、宋祁：《新唐书·薛登传》，中华书局1975年，第4170页。
4. 司马光：《资治通鉴·唐纪五七》，中华书局1956年，第7790页。

以自活，应举觅官，凡二十余年矣。"[1]他为自己"曾不得名荐书"而苦恼，忍受着白眼和侮辱，一次次卑躬屈膝地逢迎公卿，"俯首帖耳摇尾而乞怜"地献媚权贵[2]。他后来把自己比孟郊先中进士，一五一十地说成是比孟"奸黠"些的结果："东野不得官，白首夸龙钟；韩子稍奸黠，自惭青蒿倚长松。"[3]贾岛是一个举场的牺牲品，"应怜独向名场苦，曾十余年浪过春"[4]，"得非下第无高韵，须是青山隐白头"[5]，这些诗句近乎凄惨的哀号。

可见，孟郊在名场的委屈、辛酸和痛苦具有很大的代表性，每次登科的人毕竟是极少数，大多数寒士都名落孙山，老死牖下。他的一曲《古兴》自然能在举子中引起强烈的共鸣：

楚血未干衣，荆虹尚埋辉。痛玉不痛身，抱璞求所归。

第三次参加进士考试时，孟郊已是扬名全国的诗人，通过广泛的社会交游，也干谒了不少当朝权贵，还被迫打通了一些"关节"，又有许多友人为他揄扬举荐，这才好不容易登科了，那首著名的《登

1. 韩愈：《上兵部李侍郎书》，《昌黎先生集》卷十五，《四部备要》本，上海中华书局，第170页。
2. 韩愈：《应科目时与人书》，《昌黎先生集》卷十五，《四部备要》本，第194页。
3. 韩愈：《醉留东野诗》，《韩昌黎诗系年集释》，古典文学出版社1957年，第58—59页。
4. 贾岛：《赠翰林》，《长江集新校》，上海古籍出版社1983年，第119页。
5. 贾岛：《早蝉》，《长江集新校》，第104页。

科后》毫不遮掩地表现了他内心的兴奋和喜悦。《同年春宴》也写于同时，它真切地反映了那些登科者共同的心声——"郁抑忽已尽，亲朋乐无涯"。有唐一代特看重进士，至有"三十老明经，五十少进士"的说法，官场上要数进士出身的牌子亮，所以他自己一扫昔日的"郁抑"，亲朋也为他弹冠相庆。然而，进士并没有真正改变他潦倒贫困的命运。他等了四年才弄到溧阳县尉这顶头衔，到任后又完全适应不了俗吏的生活，《溧阳秋霁》说："星星满衰鬓，耿耿入秋怀。旧识半零落，前心骤相乖。饱泉亦恐醉，惕宦肃如斋。上客处华地，下寮宅枯崖。叩高占生物，龃龉回难谐。"他和身边的黠吏关系很僵。因此"或比日，或间日，乘驴领小吏径蓦投金渚一往。至则荫大栎，隐丛条，坐于积水之旁，苦吟到日西而还。尔后衮衮去，曹务多驰废。令季操卞急，不佳东野之为。立白上府，请以假尉代东野。分其俸以给之。东野竟以穷去"[1]。他晚年仍然过着依人作客寄食求衣的生活，他是在咀嚼贫穷和诅咒贫穷中挨过一生的。我国古代很少诗人对贫穷的感受比他更深切，因而他的言贫诗以其情感的真切和风格的奇峭而打动了历代读者。

贫穷摧残了他的身体，也使他的精神生活忧郁而又灰暗。我们来听听诗人自己的倾诉：

---

1. 陆龟蒙:《书李贺小传后》,《甫里先生文集》,《四部丛刊》初编本,上海商务印书馆, 第149页。

贫病诚可羞，故床无新裘。春色烧肌肤，时餐苦咽喉。倦寝意蒙昧，强言声幽柔。承颜自俯仰，有泪不敢流。默默寸心中，朝愁续暮愁。

——《卧病》

这是一个"拙讷"正直的诗人的现实生活和精神生活的写照：贫病交加，俯仰承颜。他一生四处漂泊求生，"十日理一发，每梳飞旅尘；三旬九过饮，每食唯旧贫"（《长安羁旅行》）。"贫寒"二字连用无疑有某种心理根据，贫穷的人对清寒格外敏感，苏轼以"寒"许郊虽含贬意，从诗境看却不无道理：

秋月颜色冰，老客志气单。冷露滴梦破，峭风梳骨寒，席上印病文，肠中转愁盘。疑怀无所凭，虚听多无端。梧桐枯峥嵘，声响如衰弹。

——《秋怀十五首》之二

这种清寒瘦劲的诗境，是诗人对自己生存状况独特感受的结果，苦涩贫寒居然还这样富于诗意、这样耐人咀嚼回味，在唐诗中的确别具一格。由于他受够了贫寒孤单的煎熬，所以特别渴求和珍惜人间的温暖，如《答友人赠炭》：

青山白屋有仁人，赠炭价重双乌银。驱却坐上千重寒，烧出炉中一片春。吹霞弄日光不定，暖得曲身成直身。

　　绳子总是从细处断。倒霉的事都让孟郊撞上了，举场挫折、仕途坎坷和贫病折磨之外，晚年又接连遭受丧子之痛。十岁的大儿子病死，接着小儿子又一个个夭折，这个不公平的世道夺走了他的一切寄托和安慰。对于一个封建时代的文人来说，老来丧尽子息不光是一种情感惨痛，断子绝孙更是一种道德上的折磨，他的许多悼子诗催人泪下，白头人哭黑头人实在凄惨：

　　　　一闭黄蒿门，不闻白日事。生气散成风，枯骸化为地。
　　负我十年恩，欠尔千行泪。洒之北原上，不待秋风至。
　　　　　　　　　　　　　　　　　　　——《悼幼子》

　　　　此儿自见灾，花发多不谐，穷老收碎心，永夜抱破怀，
　　声死更何言，意死不必嗒。病叟无子孙，独立犹束柴。
　　　　　　　　　　　　　　　　　　——《杏殇九首》之八

　　韩愈特作《孟东野失子》以质问苍天："失子将何尤，吾将上尤天。女实主下人，与夺一何偏！彼于女何有，乃令蕃且延？此独何罪辜，生死旬日间？上呼无时闻，滴地泪到泉。地祇为之悲，瑟缩

久不安。乃呼大灵龟，骑云款天门。问天主下人，薄厚胡不均？"[1]一个正直而又富才华的诗人，竟然落得"寡妻无子息，破宅带林泉"（贾岛《哭孟郊》）的结局，这不是用一句"自古诗人多薄命"就能敷衍的，这种遭遇本身就是对世道的抗议。孟郊清楚这是末世造成的，所以他没有去问苍天而去责世道："儿生月不明，儿死月始光。儿月两相夺，儿命果不长。如何此英英，亦为吊苍苍。甘为堕地尘，不为末世芳。"道尽了他对社会的愤怒与无奈。孟郊的不幸激起了世人的不平和同情："但是洛阳城里客，家传一首《杏殇诗》。"[2]

中国诗坛上元白和韩孟两大诗派的主将中，元稹晚年与宦官勾结，在朝廷过起宰相瘾来。白居易晚年也是官运亨通，《序洛诗》自称其时的诗歌创作"皆寄怀于酒，或取意于琴，闲适有余，酣乐不暇，苦词无一字，忧叹无一声……济之以家给身闲，文之以觞咏弦歌，饰之以山水风月"[3]，他安然享受着"世间好物黄醅酒，天下闲人白侍郎"的闲适生活[4]。韩愈晚年官场上也有点左右逢源，早年的愤慨不平一变为降心顺俗，原先抵排释老那种纵横驰骋的气势也消磨殆尽，开始逐名利耽声色佞权贵，有意抗俗而以文为诗，一反平弱柔顺而奇险恣肆的诗歌很少出现了，兴趣转向那些细腻委婉

---

1. 韩愈:《孟东野失子》,《韩昌黎诗系年集释》,古典文学出版社1957年,第675页。
2. 王建:《哭孟东野》,引自华忱之校订《孟东野诗集》附录,人民文学出版社1959年,第278页。
3. 白居易:《序洛诗》,《白居易集》,中华书局1979年,第1475页。
4. 白居易:《尝黄醅新酎忆微之》,《白居易集》,第630页。

的近体小诗:"漠漠轻阴晚自开,青天白日映楼台。曲江水满花千树,有底忙时不肯来?"[1]"天街小雨润如酥,草色遥看近却无。最是一年春好处,绝胜烟柳满皇都。"[2]他有滋有味地品尝着朝官的余裕与风雅,既然没有什么"不平",自然也就不会再"鸣"了,为皇都妆点太平还来不及哩。这个社会把它的文人逼向人生的歧路口:要么与它同流合污,至少是与它周旋敷衍,这样就可以分得一杯羹;要么保持自己的节操和人格,因而就忍受终身落魄潦倒。半是没有碰上机遇,半是不肯趋炎附势,"万俗皆走圆,一身犹学方"(《上达奚舍人》),一生沉沦不偶,他的晚年生活自然不如韩、白风雅:"霜气入病骨,老人身生冰,衰毛暗相刺,冷痛不可胜。鬕鬕伸至明,强强揽所凭。瘦坐形欲折,晚饥心将崩。劝药左右愚,言语如见憎。"(《秋怀十五首》之十三)他一辈子都是个寒士,因而一辈子为寒士鸣不平;他从来没有从上层社会分得红利,因而不可能与那个社会和解,一辈子都是那个社会的诅咒者。"君子不自蹇,鲁山蹇有因。苟含天地秀,皆是天地身。天地蹇既甚,鲁山道莫伸。天地气不足,鲁山食更贫"(《吊元鲁山十首》之三),这是悼人,也是自悲;是哭他人,也是骂时世。

现在轮到别人指孟郊的脊梁骨了。苏辙对孟郊的愤激与哀鸣很

---

1. 韩愈:《同水部张员外籍曲江春游寄白二十二舍人》,《韩昌黎诗系年集释》,古典文学出版社1957年,第1238页。
2. 韩愈:《早春呈水都部张十八员外二首》之一,《韩昌黎诗系年集释》,第1257页。

有点看不惯，他在《诗病五事》中说："唐人工于为诗，而陋于闻道。孟郊尝有诗曰：'食荠肠亦苦，强歌声无欢。出门如有碍（当为'即有碍'——引者注），谁谓天地宽。'郊，耿介之士，虽天地之大，无以安其身。起居饮食，有戚戚之忧，是以卒穷而死。而李翱称之，以为郊诗高处，在古无上，平处犹下顾沈、谢。至韩退之，亦谈不容口。甚矣，唐人之不闻道也。孔子称颜子在陋巷，人不堪其忧，回也不改其乐。回虽穷困早死，而非其处身之非，可以言命，与孟郊异矣。"[1]这和孟郊当年指责屈原是从同一个角度，也是操同一个腔调，而且同样都不近情理。要是孟郊能听到这段指责，又能记取自己当年对屈原的非难，他是挺身替自己辩解呢，还是低头默认苏辙的批评？

二

恐怕孟郊也会茫然失措，默认既不忍而辩解又不能，因为指责屈原面"有愠色"、情"积忧愁"的孟郊，与自己"沉忧独无极，尘泪互盈襟"（《病客吟》）的孟郊本来就是相互矛盾的。在孟郊的精神生活中，情与理远不是相互配合的手足兄弟，而是经常彼此拆台的对手和冤家。

---

1. 苏辙：《诗病五事》，《栾城集》，《四部丛刊》初编本，上海商务印书馆，第715页。

孟郊早年曾从名僧皎然游，后来又与不少僧人和道士交往，并同淡公、清远、悟空、献上人、无怀、智远等有诗唱和，愤激之余还扬言要去当隐士："本末一相返，漂浮不还真。山野多饿士，市井无饥人。虎豹忌当道，麋鹿知藏身。奈何贪竞者，日与患害亲。颜貌岁岁改，利心朝朝新。孰知富生祸，取富不取贫。宝玉忌出璞，出璞先为尘。松柏忌出山，出山先为薪。君子隐石壁，道书为我邻。寝兴思其义，淡泊味始真。陶公自放归，尚平去有依。草木择地生，禽鸟顺性飞。"（《隐士》）"因思蜕骨人，化作飞桂仙。"（《终南山下作》）"愿逐神仙侣，飘然汗漫通。"（《游城南韩氏庄》）老来他还十分感伤地说："自悲风雅老，恐被巴竹嗔。……始惊儒教误，渐与佛乘亲。"（《自惜》）行将就木了才开始惊觉儒教误身，因而和老妻一起读起佛经来："垂老抱佛脚，教妻读黄经。"（《读经》）然而，他始终是个儒家信徒，在人生道路上跌碰了一生才"始惊儒教误"，这句诗本身就道出了他的主导思想。他和许多道士相过从，却认为神仙之事怪诞不经："岂知黄庭客，仙骨生不成"（《伤哉行》），"蓬莱浮荡漾，非道相从难"（《送无怀道士游富春山水》），因神仙之事不合儒家之道，所以直接告诉道士"相从难"。对禅师更是敬而远之，《夏日谒智远禅师》一诗说："吾师当几祖，说法云无空，禅心三界外，宴坐天地中。院静鬼神去，身与草木同。因知护王国，满钵盛毒龙。斗薮尘埃衣，谒师见真宗。何必千万劫，瞬息去樊笼。盛夏火为日，一堂十月风。不得为弟子，名姓挂儒宫。"他明白地告诉对方，不愿跟他一起参禅礼佛，自己已"名姓挂儒宫"了。

的确，儒家思想是他安身立命的行为准则，他在《上常州卢使君书》中说："道德仁义，天地之常也。将有人主张之乎。曰：贤人君子有其位言之，可以周天下而行也。无其位，则周身言之可也。"他更常常在诗中谈仁说义："因冻死得食，杀风仍不休。以兵为仁义，仁义生刀头。刀头仁义腥，君子不可求"（《寒溪九首》之六），"尧圣不听汝，孔微亦有臣。谏书竟成章，古义终难陈"（《寒溪九首》之五）。他"无其位"自然不能将仁义"周天下而行"，但他多次表白要用它修身："为于仁义得，未觉登陟劳。"（《立德新居十首》之四）他还声称要以仁义为指导自己创作的准绳："驱驰竟何事，章句依深仁。"（《自商行谒复州卢使君虔》）刘言史《初下东周赠孟郊》也称赞孟郊的诗歌"修文返正风，刊字齐古经"[1]。

他甚至将儒家的某些思想推至极端，认为"君子耽古礼"应"如馋鱼吞钩"（《魏博田兴尚书听嫂之命不立非夫人诗》），他有少数诗像冬烘先生的枯燥说教。他有一首诗写被抛弃的女性，虽然也流露了对去妇的同情，但诗的重心不是控诉女性在社会中的不幸，却干巴巴地宣扬从一而终的古训："君心匣中镜，一破不复全。妾心藕中丝，虽断犹牵连。安知御轮士，今日翻飞辕。一女事一夫，安可再移天。君听去鹤言，哀哀七丝弦。"（《去妇》）被清人选入《唐诗三百首》的《烈女操》更是陈腐可笑：

---

1. 刘言史：《初下东周赠孟郊》，引自华忱之校订《孟东野诗集》附录，人民文学出版社1959年，第276页。

梧桐相待老，鸳鸯会双死。贞妇贵徇夫，舍生亦如此，波澜誓不起，妾心井中水。

这简直是宋代理学家"存天理去人欲"的滥觞。张籍《赠孟郊》一诗恭维他说："君生衰俗间，立身如礼经"[1]，岂知这正好暴露了孟郊的迂腐僵硬。

波澜不惊或心静如井水的这种和平中正，是他所企慕的一种最高精神境界，韩愈称他"杳然粹而清，可以镇浮燥"（《荐士》），这与其说是对孟郊人格的评价，毋宁说是道出了孟郊所追求的人生态度。屈原多次表白自己的才干和节操，"纷吾既有此内美兮，又重之以修能"[2]，感情更是忧愤无端，不断地指斥朝廷小人，常将自己的高尚反衬权奸的卑劣。这些在儒者眼中都有损温柔敦厚之旨和中正和平之情，有此汉儒把屈原当作"王泽竭"时的"变风变雅"，孟郊也非议屈原"骚文炫贞亮，体物情崎岖"，甚至把他说成是"名参君子场，行为小人儒"（见前）。

然而，孟郊在理性上推崇的东西，在情感上又拒斥甚至厌恶它，他的情与理经常处于分裂之中。他刚才还在攻击屈原有伤温柔敦厚，自陷于不忠不孝，转而又歌颂起屈原来：

---

1. 张籍：《赠孟郊》，《张司业诗集》卷七，《四部丛刊》初编本，上海商务印书馆，第50页。
2. 屈原：《离骚》，《文选》，中华书局1977年版影印本，第455页。

楚屈入水死，诗孟踏雪僵。直气苟有存，死亦何所妨。日劈高查牙，清棱含冰浆。前古后古冰，与山气势强。闪怪千石形，异状安可量。有时春镜破，百道声飞扬。潜仙不足言，朗客无隐肠。为君倾海宇，日夕多文章。天下岂无缘，此山雪昂藏。烦君前致词，哀我老更狂。狂歌不及狂，歌声缘凤凰，凤兮何当来，消我孤直疮。

——《答卢仝》

这首诗赞美的东西正是前首诗否定的东西，此刻他又从个性和体验着眼主张不平则鸣，强调直气和狂狷，只要直气不亏就是"入水死"又何所妨？对社会和人生的痛苦体验使他的感情愤激忧伤，诗的调子急促苦涩，并发誓说"愿于尧琯中，奏尽郁抑谣"（《晚雪吟》）。

孟郊这种情与理的分裂，一方面说明儒家伦理和诗教在中唐社会的苍白，另一方面也暴露出中唐社会的病态。一个走向衰微和解体的社会，必然要搅乱它的精英分子精神上的平衡，造成他们灵魂或人格的分裂。那个"世道"不仅使孟郊这种恪守仁义道德的寒士在现实生活中吃尽了苦头，也使他的灵魂饱经磨难。他屡屡招来器量褊窄和气度拘促之诮，这些批评大体上也符合实际，孟郊的心胸的确算不上宽广，为人也够不上豁达，精神更谈不上平衡，要是将他与盛唐诗人相比这一点就更为明显。然而，病根仍植于他所生活于其中的时代，也就是他自己所谓的"天地气不足"（见前）。这种现象并不限于孟郊一人，中唐诗人一般都不具备盛唐诗人那种开阔的胸襟、傲岸的气势和健全的人格。

盛唐是我国封建社会的鼎盛时代，政治的开明、经济的繁荣和国力的强大，激起了一代士人对功名的狂热追求，他们对前途充满了乐观的憧憬，那时社会的理想和个人的追求也趋于一致，因而他们积极地内在于自己的时代，具有高度的现实献身精神和历史责任感，对自己的国家感到自豪，对自己的才能更为自负。浪漫豪放的李白自不必说，他认为自己是个无所不能的全才："怀经济之才，抗巢由之节，文可以变风俗，学可以究天人"，还称自己"虽长不满七尺，而心雄万夫"[1]，就是富于现实感的杜甫也"自谓颇挺出，立登要路津"[2]，读一读"会当凌绝顶，一览众山小"[3]的诗句，就不难感受他那目空一切的气势。因为他们把自己与社会同一起来，以拯世济时为己任，所以盛唐诗人眼界宏阔，胸怀博大。"致君尧舜上，再使风俗淳"[4]，"万里奉王事，一身无所求，也知塞垣苦，岂为妻子谋"[5]。每个人都希望能进用于国家，连终身不仕的孟浩然也说"欲

---

1. 李白：《与韩荆州书》，《李太白全集》，中华书局1977年，第1240页。
2. 杜甫：《奉赠韦左丞丈二十二韵》，《杜诗详注》，中华书局1979年，第74页。
3. 杜甫：《望岳》，《杜诗详注》，第4页。
4. 杜甫：《奉赠韦左丞丈二十二韵》，《杜诗详注》，第74页。
5. 岑参：《初过陇山途中呈宇文判官》，陈铁民、侯忠义校注《岑参集校注》，上海古籍出版社1981年，第73页。

济无舟楫，端居耻圣明"[1]，王维也认为"圣代无隐者，英灵尽归来"[2]。自然，他们中的大多数也是赍志以殁，有的举场失意，有的久沉下僚。不过，落第后最让他们难为情的是"耻作明时失路人"[3]，最多也只委婉地叹息"不才明主弃，多病故人疏"[4]，甚至落第了还认为时明主圣，只怨自己"时命不将明主合，布衣空染洛阳尘"[5]，安慰落第者的诗歌也"反复曲折，使落第人绝无怨尤"[6]。在盛唐几乎听不到晚唐落第者那种咬牙切齿的骂詈："王门与侯门，待富不待贫"（孟郊，见前），"下弟子不耻，遗才人耻之"[7]。盛唐人也有失意的纵声怒吼："大道如青天，我独不得出"[8]，表面上看它与孟郊的"出门即有碍，谁谓天地宽"是说同一个东西，即人生的道路坎坷难行，但细读就能发现二者之间的巨大差异：前者认为现实社会毕竟大道通天，而我个人却命途多舛；后者则尖锐地指出"出门即有碍"，祸根就在于"天地"本来不宽——社会严重地压抑摧残了寒士。盛唐诗人精神平

1. 孟浩然：《临洞庭湖上张丞相》，《唐诗别裁集》，中华书局1975年影印本，第141页。

2. 王维：《送别》（《文苑英华》题作《送綦毋潜落第还乡》），《王右丞集笺注》，上海古籍出版社1984年，第54页。

3. 常建：《落第长安》，《全唐诗》，中华书局1960年，第1463页。

4. 孟浩然：《归终南山》，《唐诗别裁集》，第141页。

5. 綦毋潜：《早发上东门》，《全唐诗》，第页。

6. 沈德潜：《唐诗别裁集》，第13页。

7. 贾岛：《送沈秀才下弟东归》，《长江集新校》，上海古籍出版社1983年，第10页。

8. 李白：《行路难三首》之二，《李太白全集》，中华书局1977年，第190页。

衡，不管个人是达是穷，他们照样昂扬开朗，生活得潇洒豁达，一点也不影响他们兴致浓厚地去品味生活，畅快地纵情山水。

中唐社会江河日下，安史叛军赶走了唐玄宗，也惊醒了一代士人的美梦。乱后藩镇割据，权贵腐败，朝政日非，士人全无盛唐人那种时代的自豪感，几乎每个人都觉得生不逢时，于是人们开始与社会疏离，不再以天下国家为己任，而是龟缩于自我的小天地之中。个体与社会分裂了，个体自身的精神结构也随之分裂。白居易是中唐最有社会责任感的诗人之一，口口声声喊着诗歌要为君、为民、为事、为物而作，但他的新乐府基本上是诗人理性观念的产物，从中可以看到诗人对社会的冷静的观察与思考，但见不到诗人个体的生命体验，在诗中见不到诗人自己的影子。再看看杜甫那些忧时念乱的诗歌，既是叹世同时也是忧生，时代和诗人相互同一和内在："感时花溅泪，恨别鸟惊心"[1]，"戎马关山北，凭轩涕泗流"[2]。待到白居易大写感伤诗或闲适诗时，他又使自己从社会中抽身而逃，"世事劳心非富贵，人生实事是欢娱"[3]，"忘却人间事，似得枕上仙"[4]。他的《琵琶行》与杜甫的《观公孙大娘弟子舞剑器行》题材相近，有人认为写法上也脱胎于杜甫，但二者所抒发的情感却大不相同。白通过流落寒江的琵琶女，大发"同是天涯沦落人"的感慨，

---

1. 杜甫：《春望》，《杜诗详注》，中华书局1979年，第320页。
2. 杜甫：《登岳阳楼》，《杜诗详注》，第1947页。
3. 白居易：《老夫》，《白居易集》，中华书局1979年，第745页。
4. 白居易：《春眠》，《白居易集》，第110页。

表达自己对谪官流放的愤懑；杜则是抒写因见到昔日梨园弟子的剑器舞姿而引起的今昔盛衰之感，诗人至死都"不肯忘情于世"，诗"全是为开元天宝五十年治乱兴衰而发"[1]，诗情富于巨大的历史深度，诗中情感与理性和谐均衡，个人悲剧与时代悲剧血肉相连。白居易那些凭理性写成的新乐府则缺乏个人的情感体验，而他的感伤诗、闲适诗又完全缩进了自我，理性与情感、个体与社会在白居易那儿是分裂的，难怪他缺乏杜甫那博大浑厚的气象。

孟郊的这两种分裂更甚于白居易。科举对于盛唐文人来说，虽然有追求富贵利禄的一面，但更多是献身于社会和国家，是与"耻作明时失路人"联系在一起的；科举对于包括孟郊在内的中唐文人来说，则主要是追求个人的功名利禄，主要是希望挤进上层社会，韩愈就坦率地说过艳羡那些"蒙采擢荐进"者的"光耀"[2]。孟郊在《擢第后东归书怀献坐主吕侍郎》中赤裸裸地说："松萝虽可居，青紫终当拾。"他在洛阳依郑余庆时，对在长安做太祝的张籍羡慕不已，因为在长安能见皇帝，即使见不到皇帝，听到天子的"辚辚"车声也是幸福的，"未见天子面，不如双盲人。……有时独斋心，仿佛梦称臣。梦中称臣言，觉后真埃尘。东京有眼富，不如西京无眼贫。西京无眼犹有耳，隔墙时闻天子车辚辚"（《寄张籍》）。孟郊的

---

1. 参见王嗣奭《杜臆》（中华书局1963年，第339—340、357页），及仇兆鳌《杜诗详注》（中华书局1979年，第1818页）。

2. 韩愈：《感二鸟赋序》，《昌黎先生集》，《四部备要》本，上海中华书局，第19页。

诗情真挚，他从来不故作恬淡。有一年寒食他在河南济源县，春游时忽而嫉妒起长安落花来："长安落花飞上天，南风引至三殿前。可怜春物亦朝谒，唯我孤吟渭水边。"（《济源寒食七首》之五）落第与登科纯以个人的穷通为怀，所以落第后沮丧失望，登科后马上就得意忘形，因而显得偏狭而局促，生活态度也不可能豁达坦荡。

作为一个服膺儒学的信徒，孟郊一生都迫切希望入世，但他的气质和个性又不合于那个社会，恪守儒家仁义道德而耻于逢迎。"行身践规矩，甘辱耻媚灶"[1]，这样，他在现实世界屡屡碰得头破血流，这位希望入世的诗人又时时忘不了骂世："人间少平地，森耸山岳多。拆辀不在道，覆舟不在河，须知一尺水，日夜增高波。叔孙毁仲尼，臧仓掩孟坷。兰艾不同香，自然难为和。"（《君子勿郁郁士有谤毁者作诗以赠之二首》之一）他精神生活中有一种强烈的迷古倾向，有时赞美"怀古风"（《劝善吟》）的少年，有时称扬"耽古礼"的君子（见前），他认为"古人结交而重义，今人结交而重利"（《伤时》），因而主张为人应该"忍古不失古，失古志易摧。失古剑亦折，失古琴亦哀。夫子失古泪，当时落濉濉。诗老失古心，至今寒皑皑。古骨无浊肉，古衣如藓苔。劝君勉忍古，忍古销尘埃"（《秋怀十五首》之十四）。韩愈在《孟生诗》中描述他说："孟生江海士，古貌又古心。"[2]神往古代是由于灰心于现实，美化先贤是为了针砭当世。

1. 韩愈：《荐士》，《韩昌黎诗系年集释》，古典文学出版社1957年，第528页。
2. 韩愈：《孟生诗》，《韩昌黎诗系年集释》，第12页。

可见，这位"古貌又古心"的诗人与那个社会是何其隔膜和疏远。

孟郊的精神生活充满痛苦和矛盾：他明明知道自己与上层社会格格不入，却又要拼命挤进这个圈子；他的身心都胶执于当世，却又恶狠狠地咒骂它；他本来就厌恶官场的虚伪应酬，却又急于希望通过科举得到官场的承认和上层的接纳；他沉浸于社会却又不能与社会和解，说真的，他甚至自己就无法与自己和解，他整个一生就是一个凄苦而又矛盾的存在，所以他的诗歌中怒张多于和谐。

盛唐诗人是盛唐那个伟大时代养育出来的心智健全的肖子，到唐朝开始走下坡路，并在各方面日益显露出来衰微的病态的时候，它在诗人精神上也失去了平衡，由父辈的雄强博大一变而为琐屑狭隘，由父辈的昂扬开朗一变而为内向退缩，于是精神也就显露出般般病态：轻俗、奇僻、苦涩、迂执、险怪……"在一个正在解体的社会中，它的成员的灵魂分裂是以各种不同的形态来表现的，因为这种分裂发生在行为、情感和生活的每一种方式里。"[1] 无论是逃避自己的时代还是内在于自己的时代，每个个体都是自己所处的时代的折光。孟郊精神生活中的分裂和痛苦，是中唐社会的病态在他精神上的缩影。

---

1. 汤因比:《历史研究》中册，上海人民出版社1966年，第233页。

三

写诗对于一个诗人来说，既是一种精神的创作过程，同时，也是一种精神的生活方式。

盛唐诗人多的是冲口而出的天才，多的是真力弥满的创造力，所以他们写诗看重一挥而就的天才，激赏"敏捷诗千首，飘零酒一杯"[1]的逸才，崇尚"兴酣笔落摇五岳，诗成笑傲凌沧洲"[2]的豪迈。就像为人的潇洒豁达一样，他们的诗歌创作过程也伴随着畅快和愉悦。当然，这并不是说盛唐人写诗都是率尔成章、全不着力，相反倒经常是"意匠惨淡经营中"[3]，但他们是刻苦而非痛苦，"读书破万卷，下笔如有神"（杜甫），"赋诗新句稳，不觉自长吟"（杜甫），"新诗改罢自长吟"（杜甫），刻苦中包含着说不尽的兴奋与自负。

孟郊对诗歌创作过程中的心境也有深切的体认，"忧人成苦吟，达士为高歌"（《送别崔寅亮下第》），盛唐诗人大概是那种"高歌"的"达士"，而他自己无疑属于"苦吟"的忧人，还是先听他的自述吧：

> 夜学晓不休，苦吟神鬼愁。如何不自闲，心与身为仇。

---

1. 杜甫：《不见》，《杜诗详注》，中华书局1979年，第858页。
2. 李白：《江上吟》，《李太白全集》，中华书局1977年，第374页。
3. 杜甫：《丹青引》《杜诗详注》，第1149页。

死辱片时痛，生辱长年羞。清桂无直枝，碧江思旧游。

——《夜感自遣》

少壮日与辉，衰老日与愁。日愁疑在日，岁箭逆如仇。
万事有何味，一生虚自囚。不知文字利，到死空遨游。

——《冬日》

这是一种受罪遭难式的创作，精神既刻苦更痛苦。"心与身为仇"几乎是一种自我折磨，最后甚至因过分着力而折腾得了无兴味。韩愈在《贞曜先生墓志铭》中十分生动地记述了孟郊写诗的精神状态："及其为诗，刿目鉥心，刃迎缕解，钩章棘句，掏擢胃肾，神施鬼设，间见层出。"[1]他的"钩章棘句"是这样艰苦，简直像是要把心肝胃肾都掏出来似的。

他之所以要呕出心来玩命似的写诗，是因为他要获得"诗成鬼神愁"的惊人效果，只有苦吟才能"入深得奇趣"（《石淙十首》之七），"铿奇"（《奉同朝贤送新罗使》）、"新奇"（《送淡公十二首》之八）、"奇险"是他苦吟的目的。人们一般都认为元白与韩孟，生当盛唐诗的高峰之后，为了不让李杜等人的光芒所掩，他们积极地为诗歌寻找新的出路，于是元白朝平易通俗这个方向发展，韩孟往奇

---

1. 韩愈：《贞曜先生墓志铭》，《昌黎先生集》卷二十九，《四部备要》本，上海中华书局，第272页。

险这一方向探求。其实，韩孟等人既是在为诗寻找出路，又何尝不是为自己的前程寻找出路呢？白居易、元稹都是少年得志，元稹十五岁明经及第，二十七岁举制科，对策第一，白居易也是二十多岁进士及第。他们那些婉转动人的诗篇早已流传人口，一个是风流的元才子，一个为才高的白学士，因而他们用不着再炫博逞才地以奇惊人，作诗大可以坦然地"非求宫律高，不务文字奇"了[1]。盛唐文人仕进之路多门，许多人根本不进举场受罪，通过漫游和隐逸这些"终南捷径"，让当权者来征辟所谓"在野遗贤"，可到了中唐"天下不由吏部而仕进者几矣"[2]，大家都不得不挤在科举这道窄门内，通过考试来冲破云雾见青天。当时从民间到朝廷都尚怪，韩愈在《谁氏子》中说"又云时俗轻寻常，力行险怪取贵仕"[3]，吏部由于"选人猥多，案牍浅近，不足为难，乃采经籍古义，假设甲乙，令其判断。既而来者益众，而通经正籍又不足以为问，乃征僻书、曲学、隐伏之义问之，唯惧人之能知也"[4]。为了迎合世俗及考官的味口，韩愈有意在诗文中"杂以瑰怪之言，时俗之好，所以讽于口而听之于耳也"[5]。写诗的深处存在着一种非诗的动机，孟郊对此从

1. 白居易：《寄唐生》，《白居易集》，中华书局1979年，第15页。
2. 韩愈：《上宰相书》，《昌黎先生集》卷十六，《四部备要》本，上海中华书局，第272页。
3. 韩愈：《谁氏子》，《韩昌黎诗系年集释》，古典文学出版社1957年，第790页。
4. 杜佑：《通典》卷十五"选举三"，《四库全书》本。
5. 韩愈：《上兵部李侍郎书》，《昌黎先生集》卷十五，《四部备要》本，第272页。

来就不遮遮掩掩：

　　本望文字达，今因文字穷。

——《叹命》

　　他的诗歌结体古奥，打破诗句的常格和开拓诗的新境，在结构和遣词上别出心裁，有个人审美趣味的原因，也有世俗的功利目的，况且审美趣味的形成也与时尚有关。由此可知，他诗思的痛苦是与入仕不得的痛苦连在一起的。

　　诗歌并没有给他带来世俗的荣华富贵，他的一生没有尝到"文字利"（见前），反而因此"文字穷"，难怪他要大发牢骚了："恶诗皆得官，好诗抱空山。抱山冷兢兢，终日悲颜颜。"（《懊恼》）由于诗歌没有使他达到现实的目的，他就把怨气发泄在诗歌创作上："诗人业孤峭，饿死良已多。相悲与相笑，累累其奈何"（《哭刘言史》），"诗人苦为诗，不如脱空飞。……一步一步乞，半片半片衣。倚诗为活计，从古多无肥"（《送淡公十二首》之十二）。愤激之余他还发誓洗手不再写诗了："终当罢文字，别著逍遥篇。"（《偷诗》）

　　不过，他不可能不写诗。他对诗歌发牢骚泄怨气，可他的这些牢骚和怨气仍然要用诗来发泄，离开了诗他一无所有。他没有元稹的高官，没有白居易和韩愈的显位，没有高车大马，老来丧尽子息，甚至没有一点天伦之乐；他饱尝了人间的饥寒，受够了权贵的白眼。年过花甲的孟郊痛心地认识到：

至亲唯有诗，抱心死有归。

——《吊卢殷十首》之三

于是，他将全部身心都用在写诗上，"倾尽眼中力，抄诗过与人。自悲风雅老，恐被巴竹嗔"（《自惜》）。越到老来诗越是成了他精神的唯一寄托，他的痛苦、他的愤怒、他的不幸都通过诗倾吐出来。"倚诗为活计"（见前），苦吟成了他存在的方式，儿子死了后诗成了他最亲的伴侣：

无子抄文字，老吟多飘零。有时吐向床，枕席不解听。
斗蚁甚微细，病闻亦清冷。小大不自识，自然天性灵。

——《老恨》

上面我们指出过孟郊精神生活的这一矛盾：希望得到上层社会对自己的承认，可又对这一社会极度厌恶。他写诗的动机也存在着相应的矛盾倾向：既想用诗来干世，同时又以诗来避世。韩愈在《贞曜先生墓志铭》中说他"唯其大玩于词，而与世抹杀，人皆劫劫，我独有余。有以后时开先生者，曰：'吾既挤而与之矣，其犹足存邪！'"[1]由于专心于苦吟诗篇，不屑于世俗名利的追逐，当别人在蝇

---

1. 韩愈：《贞曜先生墓志铭》，《昌黎先生集》卷二十九，《四部备要》本，上海中华书局，第272页。

营狗苟的时候，他却在诗国中流连忘返、从容自得，让世俗的名利都给别人拿去吧，我有诗就足够了。老来看清了诗的价值和自身的价值后，他多少有点自负地说：

　　一生自组织，千首大雅言。

——《出东门》

在痛苦而又漫长的人生道路上，诗始终是他最忠实的伴侣，是他生命唯一的温暖和力量，尽管他有时对诗大发牢骚，但最终还是通过诗而肯定自己，也是通过诗而实现自身的。苦吟对他虽是一种精神的磨难，但同时又是一种精神安慰；他没能用诗获得世俗的利禄，却在诗国里享有千古令名；他没能在政坛上呼朋结党，却在诗坛上开宗立派。这是幸呢还是不幸？

第二章
气直·情真
——论孟郊对诗之真的认识

　　虽然在孟郊身后，不少人对他的诗歌横挑鼻子竖挑眼，但从没有人怀疑过他诗歌的艺术真实性。一千多年来历史风雨的洗刷浸蚀，不少名噪一时的诗人、诗歌都销声匿迹了，而孟郊这位"生前品位低"的诗人的诗歌仍有其旺盛的生命力[1]，这件事本身便是他诗歌艺术真实性的最好证明。毫无疑问，每个有责任感的诗人都在创作中竭力追求真实性，但实际所达到的真实程度却千差万别，这除了与各人对生活认识的深浅和表现水平的高低不同有关外，诗人们对诗之真的不同理解同样是个极为重要的原因，因为诗人都是自觉地在一定的真实观的指导下进行创作的。作为韩孟诗派的奠基人，孟郊在理论上对诗之真的认识自然既有别于同辈又不同于前人。只要

---

1. 贾岛:《吊孟协律诗》,《长江集新校》,上海古籍出版社1983年，第31页。

将他有关这方面的零缣寸楮稍加爬梳，他诗歌的真实观就会显示出清晰的轮廓来。

一

贞元九年，孟郊第二次下第漫游洞庭湖时写的《送任齐二秀才自洞庭游宣城》一诗的序文，可以视为他诗论的总纲：

> 文章者，贤人之心气也。心气乐则文章正，心气非则文章不正，当正而不正者，心气之伪也。贤与伪见于文章。一直之词，衰代多祸。贤无曲词。文章之曲直，不由于心气；心气之悲乐，亦不由于贤人，由于时故。

由于这是一首诗前的序文而不是探索诗歌艺术规律的论著，所以概念的使用难免有些不规范。序中的"文章"主要是指诗歌，有如韩愈诗"李杜文章在，光焰万丈长"中的"文章"[1]。序文中的"心气"指的是什么呢？《诗经·小雅·巧言》："他人有心，予忖度

---

1. 韩愈：《调张籍》，《韩昌黎诗系年集释》，古典文学出版社1957年，第989页。

之。"[1]《孟子·告子上》:"心之官则思。"[2]《告子下》并将"心"和"志"连用:"故天将降大任于是人也,必先苦其心志。"[3] 显然,"心"即"志",也就是思想意志。《孟子·公孙丑上》又有"不得于心,勿求于气""夫志,气之帅也"的话[4]。赵岐用"直怒之矣"解"求于气"[5],杨伯峻把"志,气之帅也"的"气"释为"意气"[6],按赵、杨的解释,"气"明显含有情感方面的意思。刘勰《文心雕龙·风骨篇》也论述到"气":"结言端直,则文骨成焉;意气骏爽,则文风生焉……故练于骨者,析辞必精;深乎风者,述情必显。"[7] 范文澜注说:"风即文意,骨即文辞……此篇所云风情气意,其实一也。"[8] 据此可知,"气"就是情感意气。孟郊的"心气"也就是情和志。上文中"文章者,贤人之心气也"的观点,是前人"诗言志"和"诗缘情"说的综合和统一。在孟郊看来,属于感性的"情"和偏于理性的"志"在诗歌中并不存在一条不可逾越的鸿沟。二者是相互补充地表现于诗歌之中的。为什么孟郊认为诗歌只是"贤人"的"心气"而非一般人的"心气"呢?他对这个定义作了如下的解释:因为感情欢快时诗歌的

1.《诗经·小雅·巧言》,朱熹集注《诗集传》,上海古籍出版社1980年,第142页。
2.《孟子·告子上》,朱熹《四书章句集注》,中华书局1983年,第335页。
3.《孟子·告子下》,朱熹《四书章句集注》,第348页。
4.《孟子·公孙丑上》,朱熹《四书章句集注》,第230页。
5.《十三经注疏·孟子注疏》,引自杨伯峻《孟子译注》,中华书局1961年,第70页。
6. 杨伯峻:《孟子译注》,第70页。
7. 刘勰:《文心雕龙·风骨篇》,《文心雕龙注》,人民文学出版社1958年,第513页。
8. 范文澜注:《文心雕龙注》,第516页。

情调就显得舒畅平正，感情抑郁时诗歌的情调就激怨不平（即"心气乐，则文章正；心气非，则文章不正"），"当正不正者，心气之伪也"，当一个诗人不吐真情而装腔作势的时候，他的诗歌仅是他情志的虚假表现而不是真实的反映。"一直之词，衰代多祸"，在黑暗腐朽或文网森严的时代，说直话、抒真情要招祸殃，一般诗人不敢也不愿冒这个风险。唯有"贤无曲词"——那些刚正不阿的诗人，不顾一己的安危，不怕贫贱屈辱，不惧灭顶之灾，才敢于面对现实抒发自己的真情。他们那些用心血写成的诗歌，才是他们意志、情感、人格的结晶。这样，诗歌中的"直"与"曲"、真情与伪饰就成了贤和佞的分野，而他诗论的核心就可以归结为去"曲"取"直"、弃伪存真的诗歌真实观。

孟郊的一生矢志不渝地实践了他这一观点。当时残酷的现实是"恶诗皆得官，好诗抱空山"（《懊恼》），所谓"恶诗"就是没有灵魂骨气的佞人献媚邀宠的诗歌。借诗歌献媚的"诗人"个个都青云直上了，而不愿以阿谀为能事的诗人，即使写了优秀的诗篇，也仍然终身潦倒穷困。孟郊蔑视没有心肝的虚伪之徒，羞与此辈为伍。元和三年，他应河南尹郑余庆之招，任河南水陆转运从事，试协律郎，在他多难的一生中，此时要算是比较舒适的了。然而，他并不为了保全物质生活的安逸就丧失了人格，在《晚雪吟》中严正地表白："古耳有未通，新词有潜韶。甘为酒伶摈，坐耻歌女娇！"现存五百多首诗绝大部分充分体现了他"真"和"直"的要求，是他整个人格的忠实写照。在他的诗集中，不仅写愁的诗能催人泪下，言欢的诗也能令人解颐。由于诗人言愁则柔肠寸断、情如刃伤，言欢则喜形于色、溢于言表，不符合封建时代所要求文人的那种温文尔雅、矜持不露的做人标准，讥者因此而称孟郊不能自致"远大"，受到"非能自持"的诟病就是很自然的了[1]。孟郊诗中披豁天真、剖露肝胆，忧乐之情沛然从肺腑溢出，既不搔首弄姿也不矫揉造作，可谓"直"而且"真"了。

　　"直"与"真"是他自己创作实践所奉的圭臬，也是他持以评价他人诗歌的准绳。他思想中落后的一面使他误解了屈原之死，致有不满之词，但他对屈原的人品和诗品始终是折服的，在《答卢仝》中说："楚屈入水死，诗孟踏雪僵，直气苟有存，死亦何所妨。"他由衷地赞扬屈原在骚辞中真切地表现出的刚正无私的品德、指责权奸的勇气和敢于献身的精神，也就是他所说的"直气"。他为屈原正道直行而招祸鸣不平："昧者理芳草，蒿兰同一锄。狂飙怒秋林，曲直同一枯，嘉木忌深蠹，哲人悲巧诬。灵均入回流，靳尚为良谟。我愿分众泉，清浊各异渠；我愿分众巢，枭鸾相远居。此志谅难保，此情竟何如。湘弦少知音，孤响空踟蹰。"（《湘弦怨》）孟郊还常常念起陶渊明，《过彭泽》一诗表示了对这位伟大诗人的崇敬和怀念："扬帆过彭泽，舟人讶叹息。不见种柳人，霜风空寂历。"陶诗最主要的特色是真淳，《诗品》卷中说他"笃意真古，辞兴婉惬。每观其

---

1. 葛立方:《韵语阳秋》,《历代诗话》, 中华书局1981年, 第633页。

文，想其人德"[1]。陶渊明的诗歌真实地表现了他的人品和情操，是孟郊所要求的"直"和"真"的典范，这大概就是陶渊明之所以为他敬服的主要原因。

二

要真正了解孟郊的诗歌真实观，就绝不能不对他诗歌真实观的内涵稍作分析。他的"直"和"真"具有哪些内涵呢？概言之，就是诗人感情的真挚性和诗歌的真实性的统一。

首先，它强调诗人主观感情的真挚，要求诗人"方凭指下弦，写出心中言"（《抒情因上郎中二十叔……》），认为"潜仙不足言，朗客无隐肠"（《寄卢仝》）。要求情感真挚是我国古代文论中的一个优良传统。早在《易经》中就提出了"修辞立其诚"的命题，王充在《论衡·超奇篇》中也强调说："实诚在胸臆，文墨著竹帛。外内表里，自相符称，意奋而笔纵，故文见而实露也。"[2]孟郊的"写出心中言""朗客无隐肠"就是这一传统在新的历史条件下的继承和发扬。

刘勰《文心雕龙·明诗篇》认为："诗者，持也，持人性情。"[3]

1. 钟嵘著、陈延杰注：《诗品注》，人民文学出版社1961年，第41页。
2. 北京大学历史系：《论衡注释》，中华书局1979年，第783页。
3. 刘勰：《文心雕龙·明诗篇》，《文心雕龙注》，人民文学出版社1958年，第65页。

黑格尔更是认为："抒情诗人本来一般地在倾泻自己的衷曲。"[1]抒情诗除具备一般文学的共同特征外，还有它自身所独具的特性：一般它不是以描摹客观现实见长，而是以抒发主观情感标美。因此，抒情主体情感的真挚性就成了一首诗是否具有艺术生命力的关键。诚如孟郊所言，"贤与伪见于文章"。假如一个诗人在诗中"心气"作伪，"志深轩冕而泛咏皋壤，心缠几务而虚述人外"[2]，他的诗必然只能是为孟郊所疾恶的"恶诗"。

因此，他十分痛恨用诗来玩弄"虽笑未必和，虽哭未必戚"的虚伪情感（《择友》），认为应该喜则大笑，悲则大叫。与韩愈的"不平则鸣"相应，他主张无拘束地抒发个人的抑郁之情："愿于尧琯中，奏尽郁抑谣。"（《晚雪吟》）韩愈送他的那篇著名序文中第一次提出了"大凡物不得其平则鸣"的命题，但他的"不平不但指愤郁，也包括乐在内"[3]。在孟郊眼里，他所处的时代正是人心不正、烽火不绝的衰代，自己又困顿穷饿，所以他更鲜明地提出了"奏尽郁抑谣"的主张。他称自己"一生空鸷气"（《送淡公十二首》之十二），"幽竹啸鬼神，楚铁生虬龙。忠生多异感，运郁由邪衷"（《秋怀十五首》之十），因而要通过自己坎坷的道路，鸣胸中和时代的不平。当时一个姓郭的朋友对他说"俗窄难尔容"，好心地劝他以后"少吟诗"，

---

1. 黑格尔著、朱光潜译：《美学》卷一，商务印书馆1979年，第259页。
2. 刘勰：《文心雕龙·情采篇》，《文心雕龙注》，人民文学出版社1958年，第538页。
3. 钱锺书：《诗可以怨》，《文学评论》1981年第1期。

他回答说因胸中"烦恼不可欺","从他笑为矫，矫善亦可宗"(《劝善吟》)。他对众人的讥笑嘲讽不屑一顾(《懊恼》)，在《答卢仝》中说"烦君前致词，哀我老更狂。狂歌不及狂，歌声缘凤凰。凤兮何当来，消我孤直疮"。为了讨好要贵、迎合世俗而把自己内心的悲痛、抑郁和不平掩饰起来，像"歌女"、优伶一样强颜承欢买笑(见前)，这不是一个有骨气的正直诗人所当为。"项籍非不壮，贾生非不良，当其失意时，涕泗各沾裳。"(《赠崔纯亮》)像项羽、贾谊这样的古代英雄志士"当其失意时"也涕泪满襟，真实地坦露自己内心的忧怨、悲伤，何况是处在"一饭九祝噎，一嗟十断肠"(同上)的悲愤之中的诗人呢？掩饰感情会带来诗情的虚假。他既十分仰慕又有所保留的伟大诗人屈原就从不掩饰自己内心的痛苦和愤怒，班固《离骚赞序》："屈原以忠信见疑，忧愁幽思，而作《离骚》。"[1]李白也说"哀怨起骚人"[2]。因为屈原个人的命运和祖国的命运紧紧相连，他个人的不幸与时代的不幸息息相关，所以，他通过抒发个人的忧愁、怨愤和不平就反映了时代和人民的不幸。孟郊决心以屈原为楷模，发誓将"明明胸中言，愿写为高崇"(《秋怀十五首》之十)。

其次，孟郊的诗歌真实观还强调诗歌内容的真实性，准确地说，就是诗歌必须真实地反映社会和人生。他不仅仅认为"文不以质胜，

---

1. 班固《离骚赞序》，引自郭绍虞主编《中国历代文论选》第一册，上海古籍出版社1979年，第90页。
2. 李白：《古风》之一，《李太白全集》，中华书局1977年，第87页。

则文为弃矣"（《又上养生书》），一般地强调诗歌内容的真实，而且对诗歌提出了"下笔证兴亡，陈词备风骨"的更高要求（《读张碧集》）。在抒情诗中，真挚地抒发诗人的主观感情与真实反映客观社会之间，是不是存在着某种相互排斥甚至矛盾的现象呢？这取决于抒情主体情感的崇高与低下。在情感低下、为人卑劣的诗人那里发泄个人卑污的情感就意味着对客观社会的歪曲，而在一个伟大或优秀的抒情诗人身上，忠于自己的主观情感与忠于客观现实是统一的（完全或部分），主体的"真情"与客观的"真相"在他诗中能相互融合。抒情诗所抒发的对象——抒情主体的情感是从哪里来的这个问题，我国古代文论早就进行过探讨，并且有的作了唯物主义的回答，从陆机的"遵四时以叹逝，瞻万物而思纷；悲落叶于劲秋，喜柔条于芳春……"[1]，到钟嵘的"气之动物，物之感人，故摇荡性情，形诸舞咏"[2]，直到刘勰的"春秋代序，阴阳惨舒，物色之动，心亦摇焉"[3]，都一致认为自然界的四时交迭、万物纷纭和人生的休戚别离是诗人动情的原因，孟郊则进一步强调时代的盛衰变化、政治的治乱兴亡对诗人情感的决定作用。他认为"文章之曲直，不由于心气；心气之悲乐，亦不由于贤人，由于时故"。由于他比较深刻地认识到了诗人的主观情感不只是个体心灵的产物，更是时代与政治的温

---

1. 陆机：《文赋》，引自郭绍虞主编《中国历代文论选》第一册，上海古籍出版社1979年，第170页。

2. 钟嵘《诗品·总论》，陈延杰注《诗品注》，人民文学出版社1961年，第1页。

3. 刘勰：《文心雕龙·物色篇》，《文心雕龙注》，人民文学出版社1958年，第693页。

度计，所以，他提出诗歌应该继承"风雅"传统，通过情感抒发来反映社会和人生。他在《读张碧集》中写道："天宝太白殁，六义已消歇，大哉国风本，丧而王泽竭。先生今复生，斯文信难缺。下笔证兴亡，陈词备风骨……"《唐才子传》说张碧对李白倾慕到连名字都要模仿着太白。他的诗散佚严重，《全唐诗》中仅存十六首，现在难窥全豹。在现存的诗篇中，除《农父》一首外，几乎没有一首当得起孟郊这一推崇备至的评价。从孟郊对张碧评价的内容看，他肯定的无疑是《农父》那一类诗歌，而绝非他的另外那些仅学到了李白的"一杯一咏，必见清风"的闲适之作[1]。

从"下笔证兴亡"这一要求出发，他高扬"风雅"传统和建安风骨，随着李白、杜甫、元结等诗人的相继谢世，大历后的诗坛一片寂寥，诗人的注意力从社会的大千世界移向了个人的狭小天地，诗歌几乎成了送往迎来、歌筵酒席和吟花弄月的消遣品。和稍晚的著名诗人白居易"痛恨诗崩坏"[2]一样，孟郊面对诗坛的状况发出了"自悲风雅老"（《自惜》）的喟叹，立志要起而振之，使诗歌重新走上面向社会和人生这一道路。现实风云的激荡使他们激动不已，他满怀信心地说要"独立占古风"（《送卢虔端公守复州》），写出"落落出俗韵，琅琅大雅词"（《送友人》）来，他十分推崇建安诗歌，在《赠竟陵卢使君虔别》中，为能读到卢虔充满现实内容、具有建安风

---

1. 辛文房：《唐才子传·张碧》，黑龙江人民出版社1986年，第93页。
2. 白居易：《与元九书》，《白居易集》，中华书局1979年，第962页。

骨的诗歌深感欣喜，高兴地称赞卢虔诗歌："顿得竟陵守，时闻建安吟。"又在《上包祭酒》中称赞包祭酒的诗说："琼音独听时，尘韵固不同。春云生纸上，秋涛起胸中。时闻五君咏，再举七子风。"陈子昂、李白、杜甫和元结都以建安诗歌为效法的榜样，这是由于建安诗人在天下分崩、血流漂杵的年代没有像大历时的诗人那样，远离时代的旋涡去写作闲适宁静、寂寞冷落的纤弱诗歌，恰恰相反，"世积乱离，风衰俗怨"反而使他们的诗歌"志深而笔长""梗概而多气"[1]。

从"下笔证兴亡"这一要求出发，和韩愈一样，孟郊坚定地捍卫了李白和杜甫在文学史上的地位。他因诗坛的沉寂而时常叹惋"可惜李杜死"（《戏赠无本二首》之一），可见他对李、杜的崇敬和服膺。时人还没有真正认识李、杜诗歌的思想和艺术价值，对他们的光辉诗篇多所贬抑。就是稍后以"惟歌生民病"自励的诗人白居易对李、杜诗歌的思想和艺术成就也作了大可商榷的评价："又诗之豪者，世称李、杜。李之作，才矣奇矣，人不逮矣，索其风雅比兴，十无一焉。杜诗最多，可传者千余首，至于贯穿今古，觇缕格律，尽工尽善，又过于李。然撮其《新安》《石壕》《潼关吏》《芦子》《花门》之章，'朱门酒肉臭，路有冻死骨'之句，亦不过三四十"首而已[2]。孟郊在《懊恼》中不无懊恼地说："恶诗皆得官，好诗空抱山。

1. 刘勰：《文心雕龙·时序篇》，《文心雕龙注》，人民文学出版社1958年，第674页。
2. 白居易：《与元九书》，《白居易集》，中华书局1979年，第961页。

抱山冷殃殃，终日悲颜颜。好诗更相嫉，剑戟生牙关。前贤死已久，犹在咀嚼间。"李白死于宝应元年，杜甫死于大历五年，距孟郊作此诗时已几十年了，所以诗称"前贤死已久"。这首诗当然不能说是针对白居易而发的，不过联系韩愈的"李杜文章在，光焰万丈长。不知群儿愚，那用故谤伤？蚍蜉撼大树，可笑不自量"[1]来看，孟郊该诗绝非泛泛之词，当时确有一股诋毁李、杜的歪风。白居易的"文章合为时而著，歌诗合为事而作"与孟郊的"下笔证兴亡"二者的主张如此相似，为什么在对李、杜评价上二人又相差如此之远呢？看来把孟郊与白居易对诗歌真实性的主张作一比较，对于进一步弄清孟郊诗歌真实观的特征也许不是多余的。

白居易给诗歌下过一个比较全面的定义："诗者，根情、苗言、华声、实义。"[2]它标志着白居易对诗歌艺术的本质特征所把握的深度。白居易既然认识到了情为诗之根，李白的诗歌都是他感情的真挚流露，他为什么还对他的诗歌多有微词呢？霍松林的《"根情、苗华、华声、实义"——一个现实主义的诗歌定义》一文揭开了个中秘密："白居易所说的'根情'的'情'指的是'系于政'的'民情'，从这样的'情'根上结出'风雅比兴'之'实'，也是自明之理。"白居易论述情的地方很多，在《与元九书》中指出："上不以诗补察时

1. 韩愈：《调张籍》，《韩昌黎诗系年集释》，古典文学出版社1957年，第989页。
2. 白居易：《与元九书》，《白居易集》，中华书局1979年，第960页。

政，下不以诗泄导人情，乃至于诐成之风动，救失之道缺。"[1]《采诗官》也说："欲开壅蔽达人情，先向歌诗求讽刺。"[2] 这说明霍对"根情"的"情"的解释是可靠的。白居易认为诗歌主要应该传达的是物情而不是诗人的个人感情，他更多地注意到了诗人之情与人民之情的区别而忽略二者在一定条件下的统一。李白的诗恰恰是以抒发自己的情怀为主，所以在白居易那里就只能得到"索其风雅比兴，十无一焉"的评价。他固然也认识到了"大凡人之感于事，则必动于情，然后兴于嗟叹，发于吟咏，而形成于歌诗矣"[3] 的道理，但他把这种"有物牵于外，情理动于内，随感遇而形于咏者"称为感伤诗或闲适诗，这类诗虽为"时之所重"，但为他自己所"轻"[4]，宜乎李、杜那些言情、言病、言悲的诗不为他所看重了。特别是他主张"歌诗合为事而作"，也就是要"篇篇无空文，句句必尽规"[5]，针对某一客观事物而作，并且做到"核实"，即与具体事实相符才算是有现实内容，才算是达到了真的要求。持此以绳，杜甫也只有三四十首才合格，至于李白那些抒发个人豪放或愤激之情的诗歌，压根儿就没有落实于一时一事，与白居易关于诗歌真实性的要求就离得更远了。孟郊则认为，"天地人胸臆"（《赠郑夫子鲂》），令人感激奋发，诗人

---

1. 白居易：《与元九书》，《白居易集》，中华书局1979年，第960—961页。
2. 白居易：《采诗官》，《白居易集》，第90页。
3. 白居易：《策林》六十九，《白居易集》，第1370页。
4. 白居易：《与元九书》，《白居易集》，第965页。
5. 白居易：《寄唐生》，《白居易集》，第15页。

将这些为现实所激起的诗情真而非伪地抒发出来，就能起到"下笔证兴亡"的作用。由于诗人的"心气之悲乐，亦不由于贤人，由于时故"，诗人将具有自己个性特征的时代精神表现在诗中，人们通过这种物化了的感情，就可以观察到时代的治乱兴亡。孟郊"下笔证兴亡"的"证"是对孔子"诗可以观"说的肯定。"孔子认为诗可以'观'并不是强调诗可以对于某一历史时代社会生活的详尽描写，而是强调去'观'诗中所表现出来的一定社会国家的人们的道德感情和心理状态。"[1]如果诗歌仅仅去描写外部的诸般事件、记录制度的各种变迁，而不去抒写诗人自己为时代所决定的情感、心理的丰富复杂性和细微特征，那么诗歌就不能反映出时代和人民的精神风貌，"下笔证兴亡"也就不可能实现了。

白居易显然忽略了抒情诗这样一个重要特征：它能在更丰富的程度上把抒情主体的内心生活及客观存在的特殊细节都统摄于情感和精神的形式中。它"要表现的不是事物的实在面貌，而是事物的实际情况对主体心情的影响，即内心的经历和对所观照的内心活动的感想"[2]。这个严重的疏忽使他在强调诗歌的内容时走向了要求诗歌"一吟悲一事"[3]的极端。上面的分析使人们明白了：白的"文章合为时而著，歌诗合为事而作"与孟的"下笔证兴亡，陈词备风骨"

1. 刘纲纪：《孔子的美学思想》，《美学》第4期。
2. 黑格尔著、朱光潜译：《美学》卷三下，商务印书馆1979年，
3. 白居易：《伤唐衢》，《白居易集》，中华书局1979年，第16页。

是两个同中有异的命题。强调诗歌要反映时代的兴衰是其所同，但在反映的真实标准和反映的方式上都存在着明显的差异。孟郊强调的是直抒胸臆，重在忠实于抒情主体内在情感的真挚抒发，诗人"下笔证兴亡"的社会作用是通过抒真情来实现的；白居易强调的是直写时事，揭露社会的种种黑暗和弊端，重在忠实于外在的现实，诗歌"补察时政"的作用是通过对一时一事的揭发来完成的。

三

只要我们不斤斤计较他关于诗歌真实性论述那散漫的外部形态，从内在的逻辑上看，他对诗歌真的内涵作了具体而比较深刻的规定，而且还从艺术手段上指出了达到真的途径。

相应于他诗歌真实性内涵所规定的诗人情感的真挚性与诗歌内容的真实性，求真的途径必然要创作主体人格的诚实高尚和诗歌表现手段的精巧入微。

一方面，要诗情真挚而不虚伪，诗人的人格就得诚实和高尚，或者说，只有诗人人格的诚实才能确保诗歌情感的肫挚。即使处于人生旅途中十分失意的时候，他仍然坚定地回答自己的朋友说：

松柏死不变，千年色青青。志士贫更坚，守道无异营，
每弹潇湘瑟，独抱风波声。中有失意吟，知者泪满缨。何

以报知者，永存坚与贞。

——《答郭郎中》

他在《上张徐州》中向上司表白："顾已诚拙讷，干名已蹉跎。……一不改方圆，破质为琢磨。"他谈到一个诗人应保持操守的地方很多："愿存坚贞节，勿为霜霰欺。"（《答友人》）"何以保贞坚，赠君青松色。"（《赠韩郎中愈》）"镜破不改光，兰死不改香。"（《赠崔纯亮》）他一生憎恨庸俗和圆滑，主张诗人应该具有爱憎分明的精神和独立不移的品质，在《哭李观》中他沉痛地说："我有出俗韵，劳君疾恶肠。知音既已矣，微言谁能彰。"他明明知道"万俗皆走圆"，可他自己仍然坚持"一身犹学方"。（《上达奚舍人》）即使在登科后"高歌摇春风，醉舞摧花枝"（《同年春宴》）的时刻，在人生道路上短暂的顺境中，他也没有忘记提醒自己"愿保金石志，无令有夺移"（同上）。歌德说："在艺术和诗里，人格确实就是一切。"[1]孟郊创作中能做到"诗从肺腑出"，是他诚挚的人格在艺术的反映。

另一方面，要使诗歌能起到"下笔证兴亡"的作用，也就是要能真实反映时代的精神，在艺术上就必须达到"文章得其微"（《赠郑夫子鲂》）的高度：要能通过对对象外在审美特征的把握，进而深刻地认识并准确地反映出对象所包含的内在意蕴，并揭示它们的社

---

1. 爱克曼辑录、朱光潜译：《歌德谈话录》，人民文学出版社1978年，第229页。

会意义，也即刘勰所谓"拟容取心"[1]，必须指出的是，取"直"去"曲"是就孟郊对情感的抒发态度而言，绝非他对艺术表现手法上的要求，在抒情态度上他强调朗言无隐，在表现技巧上却力求曲达幽微。细分析起来，"文章得其微"包括如下几个层次：

（一）要求诗人对对象细致入微地考察。孟郊多次指出体验生活的重要性，他自己常"一步复一步，出行千里幽。为取山水意，故作寂寞游"（《游枋口二首》之一），"赏异忽已远。探奇诚淹留"（《越中山水》）。仅是走马观花、浮光掠影是不可能有什么收获的，因为"乃知寻常鉴，照影不照神"（《献汉南樊尚书》），只有像"破松见贞心，裂竹看直文"（《章仇将军良弃功守贫》）般地深入观察，进行"扣寂兼探真"（《与二三友秋宵会话清上人院》）的活动，才既能把握对象的感性形态特征，又能体会出蕴含于其中的精微妙理。这样，诗人就可能对所表现的对象有丰富而深刻的内心体验，并能引起自己内在情感的共鸣。

（二）在深入观察和深刻体验的基础上再进行严格的取舍和巧妙的构思，即"物象由我裁"（《赠郑夫子鲂》）。诗歌是一种最精粹的文学体裁，诗中任何游离、浮泛的意象都会使诗归于失败，客观世界万象纷纭，不是每一对象都能打动诗人，诗人也不能对任何物象都有同样程度的深刻体验，因而进入诗中的意象就应该是经过严格筛滤后最能表达情思的。这种取舍剪裁的过程就是黑格尔所谓替

---

1. 刘勰：《文心雕龙·比兴篇》,《文心雕龙注》，人民文学出版社1958年，第603页。

"内心世界找到一种适合的外在显现"的过程。在这一点上，孟郊和白居易的看法又相左了。白主张反映现实的诗歌应该"其事核而实，使采之者深信也"[1]。他的本意是要使诗歌起到警世的作用，可是他在一定程度上忽视了诗歌自身的艺术特性，将诗等同于历史实录，没有注意到诗歌创作中的提炼和加工，用现在流行的术语来说，就是他混淆了生活真实与艺术真实的界限。何况真正的诗歌与某一具体的事件、物象不可能达到真正的"核而实"，进入诗中的事件、物象总带有诗人的情感和倾向，在诗中绝不可能出现科学意义上的那种客观实在性，诗中的任何事件或物象都具有程度不同的变形或变意的特点。相比之下，孟郊的"物象由我裁"更符合诗歌艺术的特征。陆游说："天机云锦用在我，剪裁妙处非刀尺"[2]，这显然是孟郊"物象由我裁"的发挥。胡应麟同样认为诗歌创作在"借景立言，惟在声律之调，兴象之合，区区事实，彼岂暇计"[3]。

（三）要达到"文章得其微"，诗歌语言就必须奇崛而不平庸、雅正而不艳俗、简净而不芜杂。他认为只有"章句作雅正"才能"江山亦鲜明"（《赠苏州韦郎中使君》），创作应"业峻谢烦芜，文高追古昔"（《游韦七洞庭别业》），因而他常称赞别人的诗歌"吟哦无滓韵，言语多古肠"（《吊卢殷十首》之七）。他鄙薄语言华靡无力的徐

---

1. 白居易：《新乐府序》，《白居易集》，中华书局1979年，第52页。

2. 陆游：《九月一日夜读诗稿有感走笔作歌》，游国恩、李易选注《陆游诗选》，人民文学出版社1957年，第143页。

3. 胡应麟：《诗薮》，上海古籍出版社1979年，第195页。

陵、庾信，盛赞"骨气奇高"的曹植和"真骨凌霜"的刘桢[1]："嘉木依性植，曲枝亦不生。尘埃徐庾词，金玉曹刘名。"(《赠苏州韦郎中使君》)他在《夜忧》中呼吁"何当再霖雨，洗濯生华鲜"，他理想的诗歌语言是"素质如削玉，清词若倾河"(《送别崔寅亮下第》)。削去繁华、汰尽烦靡的结果就是他所自负的"诗骨耸东野"(《戏赠无本二首》之一)。他又强调诗歌语言要"铿奇"(《奉同朝贤送新罗使》)，要"新奇"(《送淡公十二首》之八)，应该达到"入深得奇趣"(《石淙》)的要求。这又与白居易"不务文字奇"的主张相违[2]。不过，他一方面要求诗语奇巧工新，一方面又要求大巧若朴，必须"高意合天制，自然状无穷"。最后需要指出的是，孟郊关于诗歌语言的主张也有其局限性，就是片面要求语言的"古雅"而看不到格律的形成是诗歌发展中的一种进步(见《送卢虔端公守复州》)，导致他一味推崇古拙拗峭，有时不注意音调的和谐，使少数诗歌流于佶屈聱牙，在他诗集中简直找不到像白居易《长恨歌》《琵琶行》那样圆润流动的作品。

最后，他强调严肃认真的创作态度是"文章得其微"的重要保证，因此，在诗歌的文字表达过程中应该"苦吟"。他曾自述创作情形说："夜学晓不休、苦吟神鬼愁。如何不自闲，心与身为仇。"(《夜感自遣》)唯有苦吟才能通幽达微，唯有苦吟才能得其"真奥"。朱

---

1. 锺嵘著、陈延杰注：《诗品注》，人民文学出版社1961年，第20—21页。
2. 白居易：《寄唐生》，《白居易集》，中华书局1979年，第15页。

熹说："孟郊吃了饱饭，思量到人不到处。"[1]朱熹这句颇为不敬的话除去前面不合乎实际的一半，后半句倒是卓有见地地道出了孟郊深虑覃思的特点。对孟郊的"苦吟"说后来虽有人深致不满，可是持苦吟说者和苦吟诗人代不乏人。唐代孟郊的崇拜者贾岛就是以苦吟闻名的。南宋词人姜白石说："诗之不工，只是不精思耳。不思而作，虽多亦奚为？"[2]直到清代的袁枚还认为："疾行善步，两不能全。暴长之物，其亡忽焉。……唯精之思，屈曲超迈。"[3]兴到之语、率尔而成之作，往往因艺术上显得粗糙，像"暴长之物"一样生命力不强。不过，孟郊并不一概反对妙手天成的"万有随手奔"（《戏赠无本二首》之二）式的创作，他赞扬宋玉和李白说："宋玉逞大句，李白飞狂才。"（《赠郑夫子鲂》）"人之禀才，迟速异分"（刘勰《文心雕龙·神思篇》），看来，孟郊是主张"苦吟"与出口成诵要根据各人创作特点而唯才所安，只是为了矫正浮浅卑俗之病，他才更强调不懈的深思和不断的苦吟。

---

1. 朱熹:《韩文考异》，引自钱仲联集释《韩昌黎诗系年集释》，古典文学出版社1957年，第54页。

2. 姜夔:《白石道人诗说》，《历代诗话》，中华书局1981年，第680页。

3. 袁枚:《续诗品·精思》，引自郭绍虞主编《中国历代文论选》第三册，上海古籍出版社1980年，第476页。

四

当我们匆匆浏览了一遍孟郊对诗之真的认识后，还得追溯一下他这种认识形成的渊源。

任何一种观点的形成"必须首先从已有的思想材料出发"[1]，孟郊当然也不可能例外。只要把他的《送任齐二秀才自洞庭游宣城》一诗的序文与《毛诗序》作一比较，便不难发现孟郊诗歌的真实观与儒家诗学的承继关系。《毛诗序》说："治世之音安以乐，其政和；乱世之音怨以怒，其政乖；亡国之音哀以思，其民困。"孟郊也认为："文章之曲直，不由于心气；心气之悲乐，亦不由于贤人，由于时故。"二者在诗与政合这一点上灵犀相通。不过，同时他又说过"至乐无宫徵，至声遗讴歌"（《上张徐州》），此论自然容易使人想起《老子》的"大音希声"来，可见老庄思想对他或多或少有一些影响。《易经·乾·文言》的"修辞立其诚"与《庄子·渔父》的"真者，精诚之至也。不精不诚，不能动人"，应该说同是孟郊真实观中情感真挚说的嚆矢。孟郊的"愿于尧琯中，奏尽郁抑谣"的抒发忧愤的主张更是孔子"诗可以怨"和司马迁"发愤"说的发展。

分析孟郊诗歌真实观形成的原因，如果只注意先秦两汉儒道两家给予他的影响，而不提他的同乡前辈"诗僧"皎然，那就像一个

---

1. 恩格斯:《社会主义从空想到科学的发展》,《马克思、恩格斯选集》卷三，人民出版社1972年，第404页。

遗传学家只知道隐性遗传而不知道显性遗传一样的荒唐。皎然俗姓谢,《唐才子传》称他是谢灵运的十世孙,约开元八年生于湖州,卒于贞元间,长孟郊三十多岁。孟郊五十八岁时在洛阳有《送陆畅归湖州因凭吊故人皎然塔陆羽坟》:"渺渺雪寺前,白萍多清风。昔游诗会满,今游诗会空。孤咏玉凄恻,远思景蒙笼。杼山砖塔禅,竟陵广宵翁。绕彼草木声,仿佛闻余聪。因君寄数句,遍为书其丛。追吟当时说,来者实不穷。江调难再得,京尘徒满躬。"诗中提到的"竟陵翁"陆羽,以嗜茶和著《茶经》赢得身后的令名,然存诗既少又无诗论流传,本文就略而不论了。皎然现存有《杼山集》和《诗式》等著作。从孟郊的"追吟当时说"诗句看,他早年在故乡时曾亲受过皎然关于诗歌的指教是无疑的。孟郊的诗歌真实观中还能见到《诗式》的影响。孟郊主张诗人的情感应真而不伪,"直"而非"曲",皎然在驳斥"不要苦思,苦思则丧自然之质"的论调时说:"夫不入虎穴,焉得虎子?取境之时,须至难、至险,始见奇句。"[1]孟郊尚奇尚险,《诗式·诗有六至》的前二至是"至险而不僻,至奇而不差"[2]。孟郊在行将就木时写的《送淡公十二首》之八中回忆说:"江南寺中邑,平地生胜山。开元吴语僧,律韵高且闲。妙乐溪岸平,桂榜复往还。……风味我遥忆,新奇师独攀。"由此可见"新奇"是皎然诗论和诗歌的一大特点,而深得"新奇"之秘的正是孟郊。

---

1. 皎然:《诗式·取境》,《历代诗话》,中华书局1981年,第31页。
2. 皎然:《诗式·诗有六至》,《历代诗话》,第28页。

但孟郊并不是像鹦鹉学舌那样重复一下前人的议论，而是创造性地从前人已有的认识出发，形成了自己特有的关于诗歌真实性的认识。这不仅表现在他对诗歌真实性的强调比他的前辈更为具体明确上，也能从他丰富了诗歌真实观内涵的理论贡献中得到说明。强调情真是我国古代诗论的一个突出的特点，皎然也只是强调要"直于情性"，孟郊不只继承和发挥了这一点，而且还明确地提出了"下笔证兴亡"的命题，就是说他既主张诗人情感的真挚性又强调反映客观社会的真实性，使真情和真相得到统一，这就大大丰富了我国古代诗歌真实思想的内容。

　　他诗歌真实观的形成借鉴了前人的认识成果，但它形成的真正根源却深藏在孟郊所生活于其中的现实社会里，从本质上看，它是当时现实社会的产物。安史之乱后，唐王朝统治的黄金时代已经过去，藩镇割据和内忧外患使统治阶级对自己的统治丧失了信心。于是，统治阶级撕去了遮在残酷统治上面的伪装，踢开了有碍自己贪欲实现的封建伦理观念中一切积极的方面。人与人之间只有奸诈和欺凌，缺乏信任、坦率和真诚。孟郊对这种现象曾予以深刻的揭露："兽中有人性，形异遭人隔；人中有兽心，几人能真识。古人形似兽，皆有大圣德；今人表似人，兽心安可测。虽笑未必和，虽哭未必戚。面结口头交，肚里生荆棘。好人常直道，不顺世间逆。恶人巧谄多，非义苟且得。若是效真人，坚心如铁石。不谄亦不欺，不奢复不溺。"（《择友》）他憎恶上层社会的奸伪和世态的炎凉，想改变而无力，想逃避又不能。这样，在他诗中就留下了无穷无尽的对真朴的渴求和赞美：

潜歌归去来，事外风景真。

——《长安羁旅行》

本末一相返，漂浮不还真。

——《隐士》

对君何所得，归去觉情真。

——《题韦承总吴王故城下幽居》

众木尽摇落，始见竹色真。

——《献汉南樊尚书》

人朴情虑肃，境闲视听空。

——《蓝溪元居士草堂》

他甚至向往传说中古代那种原始的真朴生活，由于他认为"古人形似兽，皆有大圣德；今人表似人，兽心安可测"，所以他提出要保持古人的操守："忍古不失古，失古志易攡。"（《秋怀十五首》之十四）劝人们回到古代虽未免迂阔，但用真朴来对抗社会现实的虚伪倒是具有一定的积极意义。他对社会要求风俗淳厚，对个人要求诚实无欺，必然导向对诗歌要求"直"与"真"。

孟郊诗歌真实观内容的时代特征也极为鲜明。他登上诗坛的时候，人们已逐渐从皎然那时对战乱的惊愕、恐惧中清醒过来，社会经济由乱后的萧条慢慢走向繁荣，诗人们不再像大历的诗人那样逃避社会，他们有勇气面对现实，为社会的统一和中兴创造条件。孟郊"天地入胸臆，吁嗟生风雷"这种颇有生气的精神面貌就是当时时代的一种折光。因此，他的诗歌真实观比他的前辈皎然具有更强的现实性。他也不像大历诗人、诗论家那样只注意诗人主观世界高情远韵的抒发，而是主张直面惨淡的人生，强调个人感情与时代精神的联系，真挚地抒发个人与时代相通的悲愤忧伤之情，特别是他强调诗人的社会责任，必须"下笔证兴亡，陈词备风骨"，它虽与稍后元、白"文章合为时而著，歌诗合为事而作"的精神相同，但又没有像他们那样把诗歌的功利目的强调到极端。从时间上看，它结束了大历前后所流行的抒发个人幽情孤绪的消极主张，成为元和时期要求诗歌积极反映现实的先声，是大历到元和之间的中介，因而具有十分重要的意义，后来经过韩愈的发挥和丰富，他对诗之真的认识就成了韩孟诗派的理论基础。

第三章

峭激的诗情与浓郁的理趣

——论孟郊的艺术个性

一

刘熙载认为"能得其人之性情志尚于工拙疏密之外"[1]是读诗文最大的难处，也是读诗文最大的乐处。列·托尔斯泰曾在1835年10月24日的日记中也谈过类似的阅读经验，他说读纯文学作品的时候，最大的兴味是表现在那作品里作者的性格和艺术气质。读孟郊诗歌的确能使我们品尝到融斋和托翁所说的"乐处"与"兴味"：它们能让读者深切地感受和了解到诗人的胸襟人品、精神气质和艺术个性。

对于孟郊的气质和个性，韩愈曾作过虽出于善意但不尽符合实

---

1. 刘熙载：《艺概》，上海古籍出版社1978年，第184页。

际的描述："先生生六七年，端序则见，长而愈骞，涵而揉之，内外完好，色夷气清，可畏而亲。……唯其大玩于词，而与世抹杀，人皆劫劫，我独有余。有以后时开行先生者，曰：'吾既挤而与之矣，其犹足存邪！'"[1]他把孟郊写成了一个与世无争和知足常乐的淡泊狷者。只要一打开孟郊诗集，站在我们面前的却是一个积极用世的诗人形象。如青壮年时写的《百忧》：

萱草女儿花，不解壮士忧。壮士心是剑，为君射斗牛。朝思除国仇，暮思除国仇。计尽山河画，意穷草木筹。智士日千虑，愚夫唯四愁。何必在波涛，然后惊沉浮。伯伦心不醉，四皓迹难留。出处各有时，众议徒啾啾。

就是在他清楚地意识到了"顾已诚拙讷，干名已蹉跎"以后，也仍然没有失去关心现实的热情。他的一生可以说一直是在奋斗、失败、失望、不安、愤激中度过的，身隐园林和心如枯井般的沉静与他几乎是毫不相干。古代又有人认为孟郊"器量褊窄"[2]，也有人认为孟郊赋性"浮躁"[3]。这些不无贬意的话都对于孟郊气质和个性的某一方面说得似是而非。

---

1. 韩愈：《贞曜先生墓志铭》，《昌黎先生集》卷二十九，《四部备要》本，上海中华书局，第272页。
2. 吴开：《优古堂诗话》，《历代诗话续编》，中华书局1983年，第248页。
3. 周紫芝：《竹坡诗话》，《历代诗话》，中华书局1981年，第351页。

不过，这些众说绘绘的评语却帮助我们认清了这一点：孟郊的气质和个性不是单元的而是多元的。他青壮年时期有着"为君射斗牛"的勃勃雄心，也带有这个年龄常有的幻想和天真。把世事和人生看得未免过于简单。待到经历坎坷人世渐深以后，他有更多的机会认识社会和思索人生，严峻复杂的现实把他磨砺得极为敏锐深沉，使他能从上层社会的麒麟皮下看出马脚来，具备了"冥观洞古今"[1]那种深刻的哲人式的分析能力。如"山野多饿士，市井无饥人"（《隐士》），"折车不在道，覆舟不在河"（《君子勿郁郁，士有谤毁者作诗以赠之二首》之一），"市井不容义，义归山谷中"（《蓝溪元居士草堂》）等诗句，对于当时的社会、世情、人生的体认和概括都十分精辟而深刻。但他并没有因看清了社会的丑恶而消沉遁世，有时他又是一个峻急而愤怒的咒世者，他咒诅世风浇薄："薄俗少直肠，交结须横财"（《峡哀十首》之二），咒诅上层统治者的势利与贪婪："王门与侯门，待富不待贫"（《大梁送柳淳先入关》）；有时他又是一个落落寡合、不苟同流俗的孤独者："万俗皆走圆，一生犹学方，常恐众毁至，春叶成秋黄"（《上达奚舍人》），"耻从新学游，愿将古农齐"（《立德新居》）；有时他又是一个叹老嗟卑的牢骚者："我有赤令心，未得赤令官。终朝衡门下，忍志将筑弹"（《严河南》），"局促尘末吏，幽老病中弦"（《送端公入朝》）；同时他又是一个喜欢寻幽探胜的好奇者："入深得奇趣，升险为良跻"（《石淙十首》之七），"坐啸郡斋

_____

1. 韩愈：《荐士》，《韩昌黎诗系年集释》，古典文学出版社1957年，第528页。

肃，玩奇石路斜"（《峥嵘岭》）。

我们之所以详细阐述孟郊的精神气质和性格特征，是因为他的这些气质和性格与下一章论述的那种奇奥、冷峻、苦涩的诗歌风格具有内在联系。同时在本章我们还可以看到他这种气质和性格对他的创作个性的直接影响，他那种"冥观洞古今"的哲人式的特点使他的艺术个性具有第一个倾向——形象地反映生活的艺术过程中有相当大的理性的因素；他那激烈不安的性格特点又使他的艺术个性具有第二个倾向——在深沉的理性中不失浓烈的激情。下文将围绕他艺术个性的这两个特点展开论述。

二

先分析他艺术个性的第一个特点：在艺术地把握世界这一过程中强大的理性成分。

诗人艺术地把握世界的手段是运用形象思维。关于形象思维与逻辑思维之间的关系国内美学界有几种不同的看法。我肤浅的美学水平使我不能——这里也无必要——对各种观点的得失作出评价。在诸种观点中我只是觉得李泽厚有关形象思维的观点更为可取："我们认为，逻辑思维是形象思维的基础。……事实上，艺术家的形象思维所以不但能不同于动物的纯生理自然的感情，而且还不同于人们的一般的表象活动和形象幻想，就正是因为它作为一种具有美感特性的东西，是必须建筑在十分坚硬结实的长期逻辑思考、判断、推理的基础之上，它的规律是被它的基础（逻辑思维）的规律所决定、制约和支配着的。"[1] "所以艺术家的整个思维活动实际上必须包括形象思维和逻辑思维两方面。"（同上，重点号系原有）不过，形象思维和逻辑思维的相互结合和渗透因作者不同而所取的具体方式也各不相同。在艺术创造的过程中，有的作者更注意形象的鲜明，有的作者更偏于丰富的想象，有的更善于理性的认识和思考。孟郊艺术地把握世界的方式就属于后一种。

《新唐书·孟郊传》说："郊为诗有理智，最为愈所称。"[2] 以后的《唐才子传》和《唐诗品汇》都袭用此说来评孟诗[3]。当代学者钱锺书在《谈艺录》中指出："唐诗宋诗，亦非仅朝代之别，乃体态性分之殊。天下有两种人，斯分两种诗……唐诗多以丰神情韵擅长，宋诗多以筋骨思理见胜，严仪卿首创断代言诗，《沧浪诗话》所谓本朝人尚理，唐人尚意兴云云。曰唐曰宋，特举大概而言，为称谓之便，非曰唐诗必出唐人，宋诗必出宋人也，故唐之……东野，实唐人之开宋调者……"[4] 人们对孟郊这种以思理见胜的特点是从艺术特

1. 参见李泽厚《试论形象思维》一文，《美学论集》，上海文艺出版社1980年。
2. 欧阳修、宋祁：《新唐书》，中华书局1975年，第5265页。
3. 参见辛文房《唐才子传》卷五《孟郊》，黑龙江人民出版社1986年，及高棅《唐诗品汇·五言古诗叙目》，上海古籍出版社1982年影印本。
4. 钱锺书：《诗分唐宋乃风格性分之殊，非朝代之别》，《谈艺录》，香港国光书局1979年，第3页。

色的角度提出问题，从没有人去进一步分析形成他这种特色的主观原因，即诗人的艺术个性，而孟郊诗歌以思理见胜的艺术特色无疑是植根于他自己偏于理性的艺术个性。自宋严羽持"诗有别材，非关书也；诗有别趣，非关理也"[1]的理论，对诗人在诗中说理进行严厉指责以来，人们无不把理致看成是诗歌的大忌，提到某人写诗喜说理往往意味着贬斥。孟郊诗有理致，不仅很少为同辈和后人所诟病，反倒为人所称道。可见，孟郊形象思维中的强大的理性力量一定有其独特的地方。

形象的鲜明是为诗歌这种艺术形式的本质所规定的，假使缺乏形象，即使语言的韵律完全符合诗的要求，即使思想很深刻，即使情感再深沉动人，也难说是一首优秀的诗歌。孟郊创作过程中理性的思考多数情况下是与形象化过程同步进行的，本质的认识和理性的概括不是外在于诗歌的意象和意境而是融会在其中，如五绝《乐府戏赠陆大夫十二》三首之二：

　　　　绿萍与荷叶，同此一水中，风吹荷叶在，绿萍西复东。

诗人对水中的绿萍与荷叶这两种物象有了某种感触，再经过表象的不断运动和对比达到了更深一层的本质认识。在艺术的传达过程中他只把水中包含着自己认识的物象形象地描绘出来，可我们觉

---

1. 严羽著、郭绍虞校释：《沧浪诗话校释》，人民文学出版社1961年，第26页。

得它绝不是单纯的景物描绘而好像是在反映某种社会现象。他似乎是要告诉人们：在平静的时候是难以分清邪与正、奸与贤的，风浪才是邪正和奸贤的试金石；他又似乎是在讽刺那些扎根不深、感情肤浅、稍有风吹草动就朝秦暮楚的轻薄之徒。再如乐府《巫山高》：

> 见尽数万里，不闻三声猿。但飞萧萧雨，中有亭亭魂。
> 千载楚襄恨，遗文宋玉言。至今晴明天，云结深闺门。

和上首诗一样此诗也别有胜境，但它的理趣寓于形象之中只能让人思而得之。这些诗中理性的认识和感性的形象是交融在一起的，所以他能够做到"乃不泛说理，而状物态以明理，不空言道，而写器用之载道，拈形而下者，以明形而上，寥廓无象者，托物以起兴，恍惚无朕者，著迹而如见"[1]。

有时候孟郊理性认识的内容大到了使诗歌的意境难以容下的地步，诗人就不得不用议论的方式表达自己的理性认识了，这种议论大多是形象化的议论，而形象化的方法用得最多也最能说明他艺术个性的要算是他的比喻了，现在来看看他那首流传人口的《游子吟》：

> 慈母手中线，游子身上衣。临行密密缝，意恐迟迟归。

---

1. 钱锺书：《谈艺录》，香港国光书局1979年，第270页。

谁言寸草心，报得三春晖！

　　吴乔《围炉诗话》卷一说："余友贺黄公（按：即贺裳）曰：'严沧浪谓诗有别趣，不关于理'，而理实未尝碍诗之妙。如元次山《春陵行》，孟东野《游子吟》等，直是六经鼓吹，理岂可废乎？"[1]贺裳指出了《游子吟》中有"理"应该说他对这首诗的理解还是相当深入的。但只要联系上下文认真分析一下便会发现，贺裳对严羽所谓"理"的理解很难说是准确的，他认为严羽的理仅是指古代道德伦理，所以他从孟郊这首《游子吟》中看到的是它宣扬儒家"经典"中的孝的教化作用，显然他所谓《游子吟》中的理是"六经"的伦理，与我们这篇文章中所论述的孟郊艺术个性中强大的理性因素说不到一起去。今天古代文学研究者更多的是看到这首诗中质朴的语言、鲜明的形象和深切的感受，很少人注意到诗中伴随着浓厚的感情、鲜明的形象的是同样深入的理性思考。诗的题下小注说"迎母溧上作"。诗人多年奔波奋斗才算得到溧阳一尉，他深愧母亲半辈子抚育的勤劳，写下了这首千百年来为人传诵的名篇。前四句通过典型情景的刻画，使慈母的形象呼之欲出，但诗人的激动之情仍未得到完全的宣泄，满怀的激情逼出了结尾广为人们传诵的名句，"谁言寸草心，报得三春晖"既是具有哲理意味的议论也是新颖奇特的比喻。我们来把其他诗人诗中的喻体与此相同的比喻作一比较，孟郊形象

---

1. 吴乔《围炉诗话》，《清诗话续编》，上海古籍出版社1983年，第477—478页。

思维中理性力量强大的特点就更突出了。如李白的"相思若烟草，历乱无冬春"[1]，李煜的"离恨恰如春草，更行更远还生"[2]，粗粗一看，"二李"的这两个比喻句与孟郊的"谁言寸草心，报得三春晖"，除了前二者是明喻而孟郊的是隐喻外，没有什么不同之处；假使稍作仔细的辨析，它们之间的区别就显而易见了。二李的比喻都是将烟草或春草来比喻离情别恨，把无形的离愁别恨附于物而具体生动地表现出来，通过烟草或春草两个意象变无形为有形。孟郊这个比喻则是通过一个兼具形、情、理的诗句明了一种道理和抒发自己的激情。说它有形，是因为它能在人们眼前展现出春风拂拂、春草凄凄的景象；说它有理，是因为这个比喻本身既带有哲理意味，而且又是作为喻体显示本体即母子之间的人生道理的；至于它带有情韵就更加显然了。二李的比喻仅在于言情，孟郊的则既明理又言情。这两句比喻式的议论使这首诗跳出了小己对慈母的感激之情而具有更广的社会容量，诗情因它而得到升华，诗意因它而变得更为深广。对于像《游子吟》中诗人这样的理性思考我们完全有理由这样说：理智的深处，恰是诗意的浓点。

由于孟郊艺术地把握世界的过程中很注重对象的本质认识，这就使他的比喻具有这种特点：通常不是通过喻体将本体形象化，着重在喻体与本体之间外在形态上的相似；而主要是为了将难以言传

---

1. 李白：《送韩准裴政孔巢父还山》，《李太白全集》，中华书局1977年，第775页。
2. 李煜：《清平乐》，詹安泰编注《李璟李煜词》，人民文学出版社1982年，第52页。

的事理用形象化的方法表达出来，偏重于喻体与本体之间内在本质上的关联。简单地说，孟郊的比喻中很少取象之比，主要是附理之比。当然，取象与附理在一个比喻中一般是紧密相连的，只是偏重点不同罢了。如《古乐府杂怨三首》之三：

> 贫女镜不明，寒花日少容。暗蛩有虚织，短线无长缝。
> 浪水不可照，狂夫不可从。浪水多散影，狂夫多异踪。持
> 此一生薄，空成万恨浓。

这首诗几乎全是由比喻组成，除首二句是取象之比外，其他的比喻句都是附理之比。诗人选取暗蛩、短线、浪水这些为贫女感受最深的意象来比喻狂夫，从各个角度来控拆狂夫的卑劣。正如浪水不能照影一样，狂夫也不可相从，正如浪水多散影一个道理，狂夫也多是朝秦暮楚之徒。因诗人准确地抓住了浪水狂夫在本质上某一方面的相通，将二者进行比较和对照使诗歌既形象鲜明又言情深至。

孟郊形象思维中强大的理性因素不仅与东晋后用韵文写"漆园之义疏"的诗人那种缺乏形象、情感的理性思维不同，就是与他在艺术上有直接承继关系的谢灵运也有别。谢灵运的理致常常表现为援引古代哲人特别是老庄现成的哲理代替自己对现实的艺术认识，这些哲理与他个人的生活又看不出有什么明显的现实联系。所以，他诗中有些老庄哲学思想与他诗中的意象常处于一种分离状态，如果没有学过老庄哲学的读者读他的诗不免要感到艰深晦涩，读者对

于诗人的哲学修养诚然十分钦佩，对他所抒发的孤寂情怀却唤不起共鸣。孟郊的理致常常是渗透了个人生活体验的艺术发现，绝少引用先哲现成的名言或哲理来代替自己的艺术认识。因此，他那些用古代乐府民歌调子写成的格言式的警句大多含有情韵与形象：

曲木忌日影，谗人畏贤明。

——《古意赠梁肃补阙》

人间少平地，森竦山岳多。

——《君子勿郁郁……》之一

试登山岳高，方见草木微。

——《上河阳李大夫》

为水不入海，安得浮天波；为木不在山，安得横日柯。

——《上张徐州》

百川有余水，大海无满波。

——《寄崔纯亮》

黄鹄多远势，沧溟无近浔。

——《感别送从叔校书简再登科东归》

松色不肯秋，玉性不可柔。登山须正路，饮水须直流。

——《送丹霞子阮芳颜上人归山》

松山云缭绕，萍路水分离。云去有归日，水分无合时。

——《古离别》

比喻是一种修辞手法，从文艺心理学的角度看，它又是艺术想象的结果。孟郊诗中大量比喻的运用说明了他想象的丰富性。想象是一种创造性的认识功能，但它的认识方式与抽象思维不同。它不是由抽象概念的演绎来反映对象的本质，而是通过表象的分解、综合来进行形象思维以达到对对象本质的认识 [1]。孟郊强大的理智力量同样也表现在他诗歌的想象中。这一点，试把他与韩孟诗派另一著名诗人李贺作一比较就很清楚了。在李贺笔下，箜篌高手李凭能到神山给神妪传授技艺，能引得老鱼瘦蛟都欢欣鼓舞；诗人自己也能登临仙界俯视人间，辽阔的九洲在他眼中小得像九点烟雾；南齐的名妓竟然还能以风为裳以水为佩去与情人幽会；……他的想象诡谲、幽奇，因而赢得了"鬼才"的称号。但相对于他想象的丰富性来说他想象的认识功能就弱多了。他不少想象的诗句中意象的组合没有对生活本质达到艺术的认识，以至于使他的想象有时流于一种艺术直觉，就连十分激赏他诗才的杜牧也惋惜他艺术才能中认识生

---

1. 参见李传龙《论想象》一文，《中国社会学》1982年第1期。

活本质能力的薄弱，认为必须"少加以理"[1]才能达到更高的成就。别林斯基指出："想象仅仅是约束诗人的最主要的能力之一，可是，仅靠这一点，还不足以构成诗人；他还须有从事实中发现概念，从局部现象中发现一般意义的深刻智力。"[2]李贺的想象中对表象的分解与综合常采取超现实的形式，孟郊诗却更多的是对现实生活中的表象加以分解与综合。他想象的奇幻、诡谲方面不如李贺，但他强大的理性力量使他的想象达到了对生活本质较深刻的艺术把握。如"直木有恬翼，静流无躁鳞。始知喧竞场，莫处君子身"（《长安羁旅行》）。沈德潜评这首诗说："直木一联传出君子之品。"[3]他这方面的例子多得不胜枚举。就是他诗中表象的分解与综合采取超现实形式的想象，也明显地具有理性对想象引导、规范、渗透的特点，如《晓鹤》：

晓鹤弹古舌，婆罗门叫音。应吹天上律，不使尘中寻。虚空梦皆断，歇啼安能禁。如开孤月口，似说明星心。既非人间韵，枉作人间禽。不如相将去，碧落窠巢深。

从仙界到凡间，从天上到地下，从晓鹤到星月，想象可以说奇

---

1. 杜牧:《李贺诗歌集序》，上海古籍出版社1978年，第149页。
2. 别林斯基:《别林斯基选集》卷二，时代出版社1953年，第124页。
3. 沈德潜:《唐诗别裁集》，中华书局1975年影印本，第64页。

幻极了。这首诗表面是写晓鹤及晓鹤的声音，但由于诗人强大的理性作用使形象出现了变意的特点，它的实际涵义和性质都完全变了。晓鹤不肯同流合污的高洁本性，使它在茫茫尘世难觅知音，世俗对它十分隔膜，它在尘世也孤独寡友。很清楚，它是包括诗人自己在内的一切正直高洁者的化身。诗中的晓鹤不只是自然界的晓鹤，它包含着诗人对社会现象的深刻认识和艺术概括。

上面对孟郊艺术个性的第一个特征的分析使我们看到，孟郊在艺术地把握世界的过程中对强大理性的运用能给诗歌带来一定的理趣，就是说，它既能给人以艺术的享受又能给人以理性的启示。但诗歌尤其是抒情诗毕竟是主情的，如果理性大到超过了一定的度量界限就必然要使理趣变成理障——令人生厌的干巴巴的生硬说教。孟郊也并不总是掌握好了这个度量界限，他艺术创作中理性有时大到吞没了形象和情感的程度，使诗歌成了主要是说理或者完全是说理的韵语。我们很有必要分析一下《劝学》这首诗：

击石乃有火，不击元无烟。人学始知道，不学非自然。

万事须己运，他得非我贤。青春须早为，岂能长少年。

"击石乃有火"是一个充分条件假言判断的省略句，"不击元无烟"是一个必要条件假言判断的省略句，二者构成多重关系复句。三四句与一二句的逻辑、句法关系相同。一二句作为前提同作为结论的三四句构成了比喻推理关系 [1]。这首诗的后四句都是没有任何形象的四个非标准的直言判断句。汉乐府《长歌行》明显对它有一定的影响，但它没有《长歌行》中那种鲜明的形象，虽然诗中所说的道理十分正确，他在当时就能意识到一切真知的获得都须"己运"，确实是难能可贵的，但艺术上却不能说这首诗是成功之作，诗人完全是在进行一层比一层深入的逻辑推理，他在很大程度上忽略了诗歌本身的特性，像"求友须在良，得良终相善。求友若非良，非良中道变"（《求友》）就离诗歌的本质规律更远了。《静女吟》一诗更是"理障"的典型：

艳女皆妒色，静女独检踪。任礼耻任妆，嫁德不嫁容。
君子易求聘，小人难自从。此志谁与谅，琴弦幽韵重。

它所抒写的情感既迂腐可笑，它的表达方式更枯燥干瘪。全诗几乎都由准直言判断式的句子组成，说它是说理的韵文比说它是诗要确切得多，幸喜这样的诗作在他诗集中十分少见。可见，清楚地认识自己的艺术个性对自觉地发挥自己的优势、避免自己的弱点是十分重要的。

---

1. 参见逻辑学会编《逻辑论文集》，吉林人民出版社1982年，第187—198页。

三

　　情、形、理三者中对于诗歌来说情是更为本质的因素，没有情诗歌就不成其为诗歌了。闻一多在《唐诗杂论》中曾说："说一个人的诗缺少情的深度和厚度，等于说他的诗的质不够高。"[1] 诗人的感情（在优秀诗人中，时代、人民的感情是通过他个人的感情去表现的）是抒情诗的直接抒发对象，诗人的感情和这种感情的表达特点是诗人艺术个性中一个重要的规定性。现在，我们分析孟郊艺术个性的第二个特点：诗情的峭激。

　　诗人的感情是主体和客体相互作用的产物，随着时间和环境的变化诗人感情马上会跟着发生变化，一个悲观忧愁的诗人不可能成天愁眉苦脸泪眼汪汪，同样，一个乐观的诗人也不可能时时处于兴奋高亢的情绪之中。但是，由于长期的社会教养、独特的生活经历等因素使诗人的情感具有相对的稳定性，所以人们往往喜欢用沉郁顿挫来概括杜甫的诗情，经常用豪放飘逸来形容李白的诗情。孟郊也意识到了自己的诗情激切的特点（见《送淡公十二首》）。他那种情感峭激的诗歌在当时就产生了很大的影响，元和之际"诗章则学矫激于孟郊"[2] 就是证明。"矫激"这个词除了李肇带有贬意的色彩外，它与我们所说的峭激的内涵也不尽相同，李肇所谓的"矫激"

---

1. 闻一多：《唐诗杂论》，《闻一多全集》卷三，三联书店1982年，第34页。
2. 李肇：《唐国史补》卷下，上海古籍出版社1979年，第57页。

是指诗情或诗风的矫异偏激，而我们的"峭激"则是指诗情的峻峭激切。

不同的诗情需要不同的方式来抒发，如张九龄《望月怀远》中那种安详和雅的情怀决定了他那种从容不迫的抒情方式；杜甫沉郁的诗情决定了他那顿挫婉转的抒情方式；孟浩然那种冲淡的诗情决定了他含蓄不露的抒情方式。当然，任何诗人的诗情不会是单一的，张九龄的诗情不可能一味安详和雅，有时也十分豪放；孟浩然不可能一味冲淡，有时也比较浓烈。因此，他们的抒情方式也不可能是固定不变的。同样，我们说孟郊的诗情峭激也仅是就其主要倾向而言，他的诗情自然有或冲淡、或沉郁、或豪放的时候，他的抒情方式因而也有时含蓄不露，像《临池曲》：

池中春蒲叶如带，紫菱成角莲子大。罗裙蝉翼寄迎风，双双伯劳飞向东。

有时深曲婉转，像《古别离》：

欲别牵郎衣，郎今到何处？不恨归来迟，莫向临邛去。

但是，这样的诗歌感情和这样的抒情方式在他诗集中不占多数。他的诗情主要特点是峭激，峭激的诗情决定了他常采用峻直的抒情方式，而这种抒情方式在具体诗中又分别表现为：

（一）急发式：当遇到过悲或过喜（更多的是过悲）境遇刺激的时候，诗人的感情趋于十分激烈和躁动不安的程度，只有采用急迫的喷射而出的抒情方式才能酣畅淋漓地表达自己的感情。我们之所以称它为急发式是为了使它与李白的那种爆发式的抒情特点区别开来。急发式和爆发式的共同点在于它们都是突发的，不同的是爆发式像山崩水涌、风雨骤至一样不可遏止，孟郊由于禀赋气质所致显然缺乏李白那种银河落九天式的气势，他只是一种诗情炽烈得急迫难耐而已，如五绝《再下第》：

一夕九起嗟，梦短不到家。两度长安陌，空将泪见花。

又如七绝《登科后》：

昔日龌龊不足夸，今朝放荡思无涯。春风得意马蹄疾，
一日看遍长安花。

诗中感情的悲欢不同，但都是激情强烈到了难以缄默时急迫地抒发出来的，所以它们在情调上表现为意急情尽，在节奏上则显得急遽短促。

（二）直言式：中国古典诗歌美学一向都注重含而不露的抒情方式，直言式的诗歌往往因其直致而招致责难。但是，半吐半藏的抒情方式显然不适宜于孟郊那峭峻激切的诗情。所以他很明智地采

取这种直言的方式，元范德机在《木天禁语》中称孟诗"斩截"[1]，我们不妨来尝尝他"斩截"的味道："食荠肠亦苦，强歌声无欢。出门即有碍，谁谓天地宽。有碍非遐方，长安大道旁。小人智虑险，平地生太行……"（《赠崔纯亮》）他这种抒情方式的优点是能使诗歌刚劲有力，加之孟郊深肫而真挚的感情更使诗能刚挺而微妙，缺点是有时因词气过于斩绝不能给人留下回味的余地，直抒胸臆是他诗歌的特点，有时也是他诗歌的弱点。《王直方诗话》引李希声的话说："孟郊诗正如晁错为人，不为不佳，所伤者峻直耳。"[2]

（三）怒斥式：孟郊的一生不能忘情于现实，上层社会的黑暗腐朽与世情险恶常使他激怒难平，而他"终朝衡门下，忍志将筑弹"（《严河南》）的生活经历也是他长期愤激的重要原因。诗人都有愤激的时候，但各人愤激的特点和表现这种愤激情感的方式却千差万别。我国古代诗人没有不受儒家美学思想熏陶的，儒家美学思想极强调哀而不伤和怨而不怒的中和美，所以大多数诗人们都把自己愤激的感情通过压抑后再以和平委婉的语调出之。他们诗中的感情是被冲淡了的变了质的感情，像孟郊这样让自己的愤激之情出之以怒斥的语调的还不多见。《择友》和《蜘蛛讽》二诗很有代表性，不仅像《择友》等诗直斥那些人面兽心之辈，就连在寓言诗中也以指桑骂槐的

---

1. 范德机：《木天禁语》，《历代诗话》，中华书局1981年，第752页。
2. 王直方：《王直方诗话》，郭绍虞辑《宋诗话辑佚》卷上，中华书局1980年，第13—14页。

形式来抒发自己的愤激之情：

> 万类皆有性，各各禀天和。蚕身与汝身，汝身何太讹。
> 蚕身不为己，汝身不为它。蚕丝为衣裳，汝丝为网罗。济
> 物几无功，害物日已多。百虫虽切恨，其将奈尔何。
>
> ——《蜘蛛讽》

《择友》一诗所抒写的情感也同样激昂愤慨：

> 兽中有人性，形异遭人隔；人中有兽心，几人能真识。
> 古人形似兽，皆有大圣德；今人表似人，兽心安可测。虽
> 笑未必和，虽哭未必戚。面结口头交，肚里生荆棘。好人
> 常直道，不顺世间逆。恶人巧诡多，非义苟且得。若是效
> 真人，坚心如铁石。不谄亦不欺，不奢复不溺。面无吝色容，
> 心无诈忧惕。君子大道人，朝夕恒的的。

读惯了温和平静的诗歌再来感受一下孟郊这种峭激怒斥的调
子，别是一番滋味。

孟郊的诗情的确十分峻峭激切，但绝不是李肇所说的矫异偏激，
也不是以后的论孟郊者所说的是一种"浮躁"情绪的冲动[1]，我们在

---

1. 周紫芝：《竹坡诗话》，《历代诗话》，中华书局1981年，第351页。

他峭激的诗情中同样能看到他艺术个性的第一个特点，即艺术地把握世界的过程中相对强大的理性力量对它起着规范和引导的作用，使他的峭激之情没有流于一种粗狂的情绪发泄。峭激的诗情无疑是他绝大多数诗歌的基调，但是，他这种诗情常常是对社会、人生有了更深刻的认识后才产生的，对人世不平的认识越深入，他的诗情就越峭激，无论是以一种什么方式抒发，它都总是渗透着理性的强烈而深沉的激情。理性的力量在他艺术个性中表现得比较突出，但这种理性多是伴随着鲜明的形象与峭激的情感。在大多数成功的情况下，他既能动人以情又能服人以理。总之，他艺术个性中的情，是受理性规范和诱导的峭激之情；他艺术个性中的理，是激情化和形象化了的强大理性——这就是本章所论述的他艺术个性的本质特征。

第四章

奇崛·冷峻·苦涩

——论孟郊的诗歌风格

"刿目怵心，刃迎缕解，钩章棘句，掏擢胃肾，神施鬼设，间见层出。"[1]——这是韩愈在《贞曜先生墓志铭》中对孟郊盖棺论定式的诗评，它形象地道出了孟郊诗歌"奇"的特色。不过，如果仅满足于这个评语还稍嫌过于笼统，因为"奇"并非孟郊一人的诗歌风格所独有，而是包括孟郊在内的韩孟诗派诗风的共同特征。孟郊独特的艺术个性使他的诗歌在他所属流派的共同倾向中保持着自己独特的艺术风貌。他的奇与韩愈异趣，与贾岛殊味，也与李贺有别。假如我们细加分析就会发现，孟郊诗风的"奇"具体表现在：诗思奇崛、诗境冷峻、诗味苦涩。

---

1. 韩愈:《贞曜先生墓志铭》,《昌黎先生集》卷二十九,《四部备要》本，上海中华书局，第272页。

一

　　对大历那种庸弱软熟诗风的不满和他自己不随人后的倔强个性，导致孟郊作诗不循往则，以力避平庸与陈腐，追求惊人的艺术效果。这就是韩愈所说的"东野动惊俗，天葩吐奇芬"[1]。这样，就形成了他诗歌风格的第一个特征：奇崛。

　　如果说韩愈诗风的"奇"源于他诗中的浩瀚波澜和险韵僻字，李贺诗风的"奇"出自他诗材的诡谲和想象的奇幻，贾岛诗风的"奇"根于他诗境的幽僻和字句的清奇，那么，孟郊诗风的"奇"则主要来于他构思的奇特。这里很有必要指出：孟郊诗歌构思的奇特决定于他对生活和事物奇特的感受。如果诗人对生活缺乏新鲜的感受而只一味在布局、技巧上花力气、卖关子，其结果恐怕没有不与其初衷相反的。可是，奇特的感受只是奇特构思的必要条件而非充分条件，就是说有了新奇的感受不一定就有新奇的构思。刘勰在《文心雕龙·神思篇》中说：创作常常是"方其搦翰，气倍辞前，暨乎成篇，半折心始"，因为"意翻空而易奇，言征实而难巧"[2]。这说明，与独特感受相应的独特构思并不是可有可无的。诗歌的构思，就是诗人创作过程中不断地为自己在现实生活中激起的独特诗情寻求新的表现形式。孟郊诗歌构思的奇妙，主要表现在诗人对最能表现自

1. 韩愈：《醉赠张秘书》，《韩昌黎诗系年集释》，古典文学出版社1957年，第391页。
2. 刘勰：《文心雕龙·神思篇》，《文心雕龙注》，人民文学出版社1958年，第494页。

己情感和思想的意象作独具一格的处理，对最能体现生活本质的东西有一种别开生面的揭示，有时候是出之以使人耳目一新的结构安排，有时候是从一个新的角度来生发，有时候是通过出人意料的联想，或者通过叫人眼明的字句的使用，使他的诗歌显得新颖奇特。

他似乎不屑于作一般的交代，往往使自己对物象最突出的感受，好像挟风裹雨一样地劈空而来，给人一种突兀、惊异和奇险的感受，也就是韩愈所说的"横空盘硬语，妥帖力排奡"[1]。对此，赵翼曾有过很精辟的见解："横空硬语，须有精思结撰，若徒挦撦奇字，诘曲其词，务为不可读以骇人耳目，此非真警策也。"[2]孟郊的《游终南山》一诗很能代表他"精思结撰"的特点。在唐代，诗人们给这座位于京畿的名山留下了不少诗篇，其中最为著名的有王维的《终南山》、韩愈的《南山诗》和孟郊这一首。韩孟的两首都有奇险的特点。韩的奇是由于它铺张扬厉的笔墨以及大开大阖的气势，尤其是奇字险韵和一连五六十个比喻，至于整个诗的构架和一般赋体并无差别，如诗的开头就交代终南山的地理位置，接下来再依次对终南山的四方和主体展开穷形尽相的描摹，这些都叫人看不出有什么奇特的地方。为了更好地阐述孟诗的构思特点，我们愿意先分析一下王维《终南山》的构思特色：

1. 韩愈：《荐士》，《韩昌黎诗系年集释》，古典文学出版社1957年，第528页。
2. 赵翼：《瓯北诗话》，《清诗话续编》，上海古籍出版社1983年，第1165页。

太乙近天都，连山到海隅。白云回望合，青霭入看无。
分野中峰变，阴晴众壑殊。欲投人处宿，隔水问樵夫。

　　此诗首句交代终南山所处的位置，次句形容山势的逶迤辽阔，中间两联一写山之高，一状山之大，尾联以写山的空旷结束全诗。这首诗壮阔中暗藏细腻，雄峻处又带情韵，但构思完全同常见的律诗一样，起承转合之间有则可循，所以王诗壮阔秀丽但不奇险。现在再看看孟郊的《游终南山》：

　　南山塞天地，日月石上生。高峰夜留日，深谷昼未明。
山中人自正，路险心亦平。长风驱松柏，声拂万壑清。到
此悔读书，朝朝近浮名。

　　横空陡起，一个"塞"字使人有天地之间都被终南山填满了的奇异感受，"日月石上生"又是那样险绝，它可能受了曹操《观沧海》中"日月之行，若出其中；星汉灿烂，若出其里"写法的影响，但曹操的这四句诗中连用两个"若"字，明明白白地提醒人们这是在形容而不是事实，它使人好像看到了这位杰出政治家的宽阔胸怀，但一点也不觉得诗的本身有什么奇险。孟郊却硬说日、月是生于没于终南山峰的石上，读来显得雄壮而又奇特。沈德潜在《唐诗别裁

集》中以"盘空出险语"[1]评此诗，的确很有见地。《北江诗话》卷六说："昌黎《南山诗》，可云奇警极矣，而东野以二语敌之曰：'南山塞天地，日月石上生'，宜昌黎一生低首也。"[2]紧接这两句，诗人说终南山高得太阳入夜后在上面留宿，山中的峡谷深得就是白昼也难见日光，以致长年如夜。高，高得出奇；深，深得可怕。把这两句诗与王维的"分野中峰变，阴晴众壑殊"比较一下，孟诗的奇味就更显著了。再下去，他又宕开一笔去写游山的感受，笔墨突然又变得那样安闲，然后以"长风驱松柏"句挺起。可能有人认为这两句诗有矛盾，"长风驱松柏"弄得满山松涛阵阵，"万壑清"又何从说起呢？只有游过崇山峻岭的人才能体会这两句诗的妙处，它真切地写出了崇山中那种长风呼啸，更显得万壑清空的情景，以追风掣电的笔力去写清寂的境界，奇而入理，壮而有情，构思之奇不能不让人叫绝。与上首诗构思同样奇特的在孟郊的诗集中不少，像《峡哀十首》之二：

上天下天水，出地入地舟，石剑相劈斫，石波怒蛟虬。花木叠宿春，风飙凝古秋。幽怪窟穴语，飞闻肮蚕流。沉哀日已深，衔诉将何求。

---

1. 沈德潜：《唐诗别裁集》，中华书局1975年影印本，第64页。
2. 洪亮吉：《北江诗话》卷六，人民文学出版社1983年，第102页。

此诗被沈德潜誉为与《游终南山》"同一奇险"[1]，它的特点不仅是"造语非他人所能到"[2]，更突出地表现在它以突兀不平、陡起陡接的构思创造奇险的艺术韵味。

　　孟郊构思奇特的功夫还表现在能撇开一切无关紧要的现象，一下就准确地抓住对象的核心部分，深刻地把握它的本质，无论怎样平常和习见的题材，一经他独特的方法处理后以其特有的诗语道出，就格外使人心悸魄动。如五绝《归信吟》：

　　泪墨洒为书，将寄万里亲。书去魂亦去，兀然空一身。

　　这首诗属于我国古代诗人常用的思乡怀人的题材，由于孟郊独特的构思，使这种平凡的题材显出不平凡的感人力量。诗人没有去琐碎地叙写自己如何远离故乡与思念亲人，而是把思念的情怀融进写归信这一过程中。他和着泪水和感情的浆液给亲人写了一封信，在这封信中诗人织进了他对亲人全部的爱和眷恋，可以说这封信联系着他的整个心灵。亲人远隔，故里天涯，眼前自己写的这封家书倒成了他唯一的安慰，所以当信一寄出后他孑然一身，大有魂随书去、此身何寄之感。张籍那首著名绝句《秋思》的题材与这首诗略同，不妨参照着看看："洛阳城里见秋风，欲作家书意万重。复恐匆

---

1. 沈德潜：《唐诗别裁集》，中华书局1975年影印本，第64页。
2. 洪亮吉：《北江诗话》卷六，人民文学出版社1983年，第102页。

匆说不尽，行人临发又开封。"此诗的好处是以人人常用的"口头语"形象地道出了人人常有的"胸中情"。从艺术特点上看，《归信吟》削去了《秋思》首句"洛阳城里见秋风"的这种原因交代，略过数层，出手擒题。张诗生动、细腻而又自然，孟诗则突兀、镵刻而又深挚；张诗读来委婉亲切，孟诗读后却使人心酸股颤。欧阳修称孟郊作诗能"啄其精"[1]，孟郊诗的动人力量的确很大程度上得力于他淘汰渣滓、省去交代，以便把握最突出的特征的构思技巧，再看一首乐府《古怨》：

试妾与君泪，两处滴池水。看取芙蓉花，今年为谁死！

"如矿出金，如铅出银"，此诗同样削去了一切非本质的东西，只选取最能打动人心的意象，一个妇女和远离自己的丈夫赌咒说：把我们俩的泪水分别滴在两地的池中，看看哪个池中的芙蓉花因苦涩的泪水而溃死。她对丈夫过去虚情假意的谎话已经看穿，肯定薄情郎离乡以后定然要拈花惹草，断不会像她自己在家思念起他就泪水汪汪那样思念她。诗人却把这层意思咽住不说，只把这位妇女内心的苦楚怨愤凝缩在令人揪心的赌咒中。构思虽然曲折深至，话却说得沉痛决绝，真有掏摧胃肾、勾人心魄的艺术力量。其他像《征

---

1. 欧阳修：《读〈蟠桃诗〉寄子美永叔》，《欧阳永叔集》卷二，上海商务印书馆1936年，第21页。

妇怨四首》《古薄命妾》等诗都同属构思深曲的作品，如《征妇怨
四首》：

　　渔阳千里道，近如中门限。中门有外逾，渔阳长在眼。

——之三

　　生在绿罗下，不识渔阳道。良人自戍来，夜夜梦中到。

——之四

　　孟郊诗歌构思的奇特还表现在创造奇特的意境上。上文我们指
出过孟郊的想象不如李贺那样诡谲离奇，他想象过程中大多是对现
实生活中的表象进行分解与综合。不过，这只是与李贺相比较而言
的，绝不是说孟郊想象的翅膀飞得不高，更不是说他在对表象的分
解与综合方面没有运用超现实形式的能力。实则他常常在不同形式
想象的交替运用中使他诗歌的构思更为奇特，意境也因而更为魅人，
如《送草书献上人归访庐山》：

　　狂僧不为酒，狂笔自通天。将书云霞片，直至清明巅。
手中飞黑电，象外泻玄泉。万物随指顾，三光为回旋。骤
书云霹雳，洗砚山晴鲜。忽怒画蛇虺，喷然生风烟。江人
愿停笔，惊浪恐倾船。

他用云霞、黑电、玄泉、三光、蛇蛟、风烟、密聚的云和晴鲜的山色等一系列意象来再造狂僧草书的意境，特别是结尾写得风趣而又奇险。巧妙的构思、丰富的联想生动地展现了狂僧奇险脱俗、狂放不羁的草书风格，也把读者引进了惊险的艺术境界。又如《秋怀十五首》之三：

> 一尺月透户，仡栗如剑飞。老骨坐亦惊，病力所尚微。虫苦含夜色，鸟危巢星辉。嫦娥理故丝，孤哭抽余噫。浮年不可追，衰步多夕归。

诗写的是病中秋月穿窗时的见闻和幻觉。他不仅看到了月里嫦娥正理故丝，织不尽的离愁别绪，而且还听到了她那凄切的哽咽。诗人打破了视觉和听觉的界限，用奇幻的诗境真切地表现了病中恍惚不宁时的感受和凄凉寂寞的心情。

孟郊诗歌构思的奇特还在于他善于在平常的事物中发现新奇的诗意，从全新的角度来抒发自己压抑的感情和表达自己独特的感受，如"十日一理发，每梳飞旅尘。三旬九过饮，每食唯旧贫"(《长安羁旅行》)。他让自己在长安羁旅期间奔波的劳累、生活的艰辛和内心的苦闷，从理发、饮酒这种日常琐事中真切地表现出来。再如《出东门》："道路如抽蚕，宛转羁肠繁。"弯弯曲曲的小小路像蚕抽丝似的往复缠绕，又像自己的"羁肠"般宛转曲折，这两句将奔波在外的"寒叟"内心的七上八下和苦闷烦躁写得生动传神。《同昼上人郑秀才江南寻兄弟》《晓鹤》等诗在写法上有异曲同工之妙。

　　他诗歌构思的奇特同时也表现在锤炼奇警不凡的字句上。在字句上片面求奇是诗人的大忌。因为"奇"一方面虽和"新"紧紧相连，一方面又与"怪"相去不远。假若为了奇专选刺目拗嗓的僻字，生造违背诗歌语言规律的句子，"奇"就变成惹人生厌的"怪"了。孟郊诗歌语言务去庸腐难免有走过了头的时候，写出了少数怪僻的诗句。如胡震亨说："孟诗用字之奇者，如《品松》：'抓拿指爪月庸'，月庸，均也。《寒溪》'柧榍吃无力。'柧，棱木，即觚。榍即栜。言畏寒，觚栜塞吃无力。……又好用叠字，如'噗噗家道路'，噗噗，即晔晔。'抱山冷殡殡'，殡殡，即兢兢。至'嵩少玉峻峻，伊洛碧华华''强强揽所凭'诸类，又自以意叠之，几成杜撰，总为好奇过耳。孟佳处讵在是！"[1] 是的，孟郊诗语动人惊俗的佳处别有所在。叶燮认为诗语的新奇应该表现为："人未尝言之，而我始言之，故言者与闻其言者，诚可悦而永也。"[2] 孟郊的大多数诗语能于平常处见奇警，奇特而不伤于怪僻。像《峡哀十首》之四："三峡一线天，三峡万绳泉。上仄碎日月，下挈狂漪涟。……"只用常见的字眼和明白如话的语言就生动地写出了三峡的幽深与奇险，诗句的本身也十分精警不凡。这样的诗一方面写得惊心动魄，一方面又显得"奇而入理"[3]

1. 胡震亨：《唐音癸签》卷二三十，上海古籍出版社1981年，第241页。
2. 叶燮：《原诗》，《原诗》《一瓢诗话》《说诗晬语》合集，人民文学出版社1979年，第5页。
3. 洪亮吉：《北江诗话》卷四，人民文学出版社1983年，第86页。

——既奇特又入情入理，是奇险而不流于怪僻的佳作。《送从弟郢东归》："晓色夺明月，征人逐群动。"他的从弟明晨东归故乡，诗人彻夜与他话别，不知不觉闻晓色已开，"夺"字写出了对晨光来得太快和时不待人的埋怨心情，从侧面烘托出了与从弟依恋难舍的深厚情谊。再像《赠转运陆中丞》："帆影咽河口，车声聋关中。"这首诗是颂扬陆长源作转运副使时的政绩。"帆影"句写货船之密，"车声"句写货车之多。全从"咽"字和"聋"字中见意。这两个字可以说下得奇险而又工稳。《送远吟》是他遣词用字刻意苦吟的代表作之一：

河水昏复晨，河边相送频。离杯有泪饮，别柳无枝春。
一笑忽然敛，万愁俄已新。东波与西日，不惜远行人。

别酒和泪而饮，别柳已无剩春，"有"与"无"的对照将别情写得真切而又别致；"一笑"才敛，"万愁"已新，"一笑"写别时欢意本少，"忽然敛"见得笑容的短暂勉强，"万愁"形容离者送者愁绪太多，"俄已新"见得旧愁未了新愁又生。"有"与"无"、"一"与"万"、"笑"与"愁"、"东"与"西"，诗中这些人们日用的平常字面，经诗人"苦吟"后给人不寻常的审美感受。

二

　　冷峻，是孟郊诗歌风格的第二个特征。孟郊曾自评其诗曰"清峭"。清峭其实就是冷峻，即清冷而峻峭。沈德潜评孟郊诗时也说："孟东野诗，亦从《风》《骚》中出，特意象孤峻，元气不无斫削耳。"[1]

　　他并"非轩冕族"[2]的家世和他个人丰富的阅历，使他有可能既熟知上层社会的伪善冷酷面目又清楚下层人民倍受欺凌侮虐的惨况，严峻的现实使他脱弃了青少年时代那种浮幻的热情，深刻的人生体验使他逐渐深沉起来。他艺术个性中那种强大的理性因素又有力地帮助他更深刻而艺术地分析和认识社会。所以，当他写到社会、人情时往往显出一种深沉、冷峻的格调：

　　　　卧冷无远梦，听秋酸别情。高枝低枝风，千叶万叶声。

　　浅井不供饮，瘦田长废耕。今交非古交，贫语闻皆轻。

　　　　　　　　　　　　　　　　　　——《秋夕贫居述怀》

　　"高枝低枝风、千叶万叶声"撩乱了他久埋的愁绪，在这寂寞无眠的秋夜他想得很多、很远，想到了人生也想到了世情。世态变

---

1. 沈德潜：《说诗晬语》，《原诗》《一瓢诗话》《说诗晬语》合集，人民文学出版社1979年，第207页。
2. 韩愈：《孟生诗》，《韩昌黎诗系年集释》，古典文学出版社1957年，第12页。

100

得多么势利，就像田地贫瘠了要被荒废掉一样，人穷了说的话也没有斤两！诗人对世态的心寒至少不比他被薄卧冷时的身寒好受。在诗中没有大喊大叫的指责，而代之以深刻冷峻的艺术解剖。

凄凉是他一生生活的最好概括，冷漠又是他所在的生活环境的主要特征。当我们论述到他冷峻诗风形成的原因时，这些无疑是一个不可忽视的因素。如"老骨惧秋月，秋月刀剑棱。纤威不可干，冷魂坐自凝，羁雌巢空镜，仙飙荡浮冰。惊步恐白翻，病大不敢凌。单床寤皎皎，瘦卧心兢兢。洗河不见水，透浊为清澄。时壮昔空说，诗衰今何凭"（《秋怀十五首》之六）。我们完全可以把这首诗看成是外部世界的冷漠在他内心世界的投影，他在自然界和社会都得不到任何温暖，块然独坐时灵魂深处亦觉凄寒。

冷峻的特色主要表现在孟诗的意境中。它是诗人的主观感情同客观物象的统一所呈现出来的一种艺术境界。外在世界的冷漠固然是形成他诗歌冷峻的一个重要因素，但一个抒情诗人对社会人生的反映主要是通过抒发主观情感来完成的，不可能直接地照搬生活。马克思和列宁都认为，人的意识不仅反映客观世界，并且创造客观世界。孟诗中冷峻凄寒的意境，是融合着他自己情感的新的艺术存在。在这一艺术世界中，冷峻这一特征比现实生活中的更为突出更为强烈。像《苦寒吟》：

天色寒青苍，北风叫枯桑。厚冰无裂文，短日有冷光。

敲石不得火，壮阴正夺阳。调苦竟何言，冻吟成此章。

寒天、北风、枯桑、厚冰、短日、冷光……诗人选取这些有代表性的意象，组成一个冰冷、奇特的艺术天地，把人们带入那冰天雪地之中，呼啸的北风和短日的冷光真要使人寒得打颤。歌德说：诗人"不仅可以在现象的选择上面显示自己的趣味，而且还会由于表现各种特殊的质的确切性而引起我们的惊讶，并使我们受到教益。在这种意义上，你可以说他已经形成了风格"[1]。孟郊"在现象的选择上面显示出"自己特殊的审美趣味，喜欢并且善于选取典型的意象以创造出冷峻的境界。如著名的七绝《洛桥晚望》：

天津桥下冰初结，洛阳陌上人行绝。榆柳萧疏楼阁闲，
月明直见嵩山雪。

刘逸生解释这首诗说，"月明直见嵩山雪"一句，"也许是诗人以此比喻自己，或比喻一种什么人物（比如越处在艰苦的环境中，有人越能够发出光来），也许只是一种偶然的感触……"又说：诗人"看到了平时热闹而此时冷寂的一面，也看到了相反的一面，好像并不过分吃力地把这种感受写了出来，但又不是跳身出来向读者解释什么哲理"[2]。他简直把这首诗说成是一首内涵颇深的哲理诗了。

---

1. 参见歌德《自然的单纯模仿·作风·品格》一文，王元化译《文学风格论》，上海文艺出版社1980年。
2. 刘逸生：《唐诗小札》，广东人民出版社1978年，第225页。

他的这些说法我们不敢苟同，在这首诗中既体味不出什么哲学道理，更难看出"月明直见嵩山雪"是在"比喻一种什么人"或是诗人在自比。我们倒是认为，这首诗中那种冰清玉洁的境界与诗人的精神世界之间存在着某种感应交流，诗人的气质个性在"月明直见嵩山雪"这一峻极、孤峭的形象中被对象化。

为他的精神境界和审美情趣所决定，孟郊选取秋风、白雪、严冰、冷月这一类意象入诗，固然有助于他冷峻诗风的形成，但他这种诗风形成的原因远非只此一端。王国维在《人间词话》中说："'红杏枝头春意闹'，着一'闹'字，而境界全出；'云破月来花弄影'，着一'弄'字，而境界全出矣。"[1]同样，孟诗中实词和虚词的成功运用也对于他诗中冷峻境界的形成有不可低估的作用，如"秋月颜色冰，老客志气单。冷露滴梦破，峭风梳骨寒。席上印病文，肠中转愁盘。疑怀无所凭，虚听多无端。梧桐枯峥嵘，声响如哀弹"（《秋怀十五首》之二）。着一"滴"字于动中取静，而"梳"字的妙用又浸透着料峭的寒意。动词和形容词如"冷""破""峭""寒""峥嵘"都锤炼得精确难移。它们共同把诗中的意象组成一个有机的整体，使冷峭的境界更为鲜明突出。

如果仅只看到了孟郊诗歌"冷"的一面，还不能说准确地把握住了他诗歌的风格特征。我们说过诗人越到晚年越脱弃了青年时代

---

1. 王国维：《人间词话》，《蕙风词话》《人间词话》合集，人民文学出版社1960年，第193页。

那种浮幻的热情，并不是说他泯灭了一切激情和冲淡了一切爱憎。恰恰相反，感情的峭激不平始终是他艺术个性中一个显著特征。《升庵诗话》卷八载孙器之的话说"孟东野如埋泉断剑，卧壑寒松"[1]，用这两句评孟郊那种冷峻的诗风是再贴切不过的了。卧壑寒松，寒而有骨；埋泉断剑，埋而不平。这不正是说他的诗歌看似清寒冰冷而实则峭激热烈吗？他那峭激的诗情往往用冷峻的语言来表达，因此他的诗风不是那种缺乏热情的幽冷或阴冷，而是内里有火而外表裹霜的一种冷峻。如：

　　胡风激秦树，贱子风中泣。家家朱门开，得见不可入。长安十二衢，投树鸟亦急。高阁何人家，笙簧正喧吸。

　　　　　　　　　　　　　　　　　　——《长安道》

　　呼啸的北风摇撼着长安街两边的树木，薄暮时分寒鸟正急着归林，诗人却仍踯躅街头无处藏身，而那些达官贵人正在朱楼中作乐，他们从来就不顾下层人民的冻馁。景况既凄凉如彼，社会又冷漠如此。全诗弥漫着冷飕飕的气氛，也蕴含着诗人愤怒不平的激情。"冷"与"热"就是这样融合在他的诗中。韩孟诗派中的另一诗人贾岛也以写幽、写冷著名。在贾岛诗中并不缺乏孟诗中那种冷的氛围，但要找出像孟诗冷的外表下藏着的那种峭激的诗情实在不很容易。孟

---

1. 引自杨慎《升庵诗话》,《历代诗话续编》, 中华书局1983年, 第791页。

诗的冷峻与贾诗的幽冷之间有诗情强弱的明显差别。

三

乔亿在《剑溪说诗》中说："孟郊诗笔力高古，从古歌谣汉乐府中来，而苦涩其性也。"[1]《读雪山房唐诗凡例·五古凡例》也说："孟东野蛰吻涩齿，然自是盘餐中所不可少。"[2]谢榛更认为孟郊诗"苦涩如枯林朔吹，阴崖冻雪，见者靡不惨然"[3]。张为甚至还把孟郊封为"清奇僻苦主"[4]。不管古人对此持肯定还是否定态度，也暂不论这是孟郊诗的优点还是缺点，总之，苦涩是他诗歌风格的又一特征是难以否认的事实。

在分析诗人艺术风格时，假如把风格看成是独立于时代和诗人生活经历之外的自在自足的艺术现象，割断风格与内容的复杂关系，仅凭个人的好恶将某种风格片面地定为艺术极致，再以这种风格为准绳去任意褒贬其他风格，那么，这样的分析就像拿着量角器去测量直线的长度一样，永远也得不出准确可信的结论。有些人对孟诗的评价就犯有这种毛病，他们对孟郊苦涩的诗风持否定态度，

1. 乔亿：《剑溪说诗》，《清诗话续编》，上海古籍出版社1983年，第1083页。
2. 管世铭：《读雪山房唐诗凡例》，《清诗话续编》，第1547页。
3. 谢榛：《四溟诗话》，《历代诗话续编》，中华书局1983年，第1217页。
4. 张为：《诗人主客图》，《历代诗话续编》，第95页。

否定的根本原因是由于诗味太苦涩读来令人不欢。就是千百年来为人仰止的苏东坡不喜孟郊诗的苦涩，也只是认为人生如朝露一样短暂，所以"何苦将两耳，听此寒虫号"[1]。这种不从广阔的社会背景和诗人的生活经历来把握他的风格，只是单纯从追求快感的角度出发去评价他的苦涩诗风，很难作出令人信服的评价，而且容易流于"褒贬任声，抑扬过实"之讥。严羽就直截了当地说自己不喜欢孟诗，是因为"孟郊之诗刻苦，读之使人不欢"[2]。元好问更因此而将孟郊轻蔑地称为"诗囚"[3]。近人钱振锽对这些指责作过入情入理的辩驳："东野诗，其色苍然以深，其声皦然以清，用字奇老精确，在古无上，高出魏晋，殆非虚语。东坡称东野为'寒'，不知'寒'正不为诗病，《读郊诗》二首，支凑之极，彼其诗欲与东野作难，无乃不知分量。遗山尊潮阳之笔而称东野为'诗囚'，尤谬。韩诗支拙处十倍于东野，不以潮阳为诗囚，而以东野为诗囚，可乎？至于沧浪所云，读之使人不欢，夫不欢何病于诗？沧浪不云'读楚骚须涕泪满襟'乎？曷为于骚则尊之，于孟则轻之也？"[4]郭绍虞先生认为"钱氏此言，以子之矛攻子之盾，几使沧浪无以自辩"[5]。针对苏轼的责

1. 苏轼：《读孟郊诗二首》之一，《苏轼诗集》，中华书局1982年，第797页。
2. 严羽著、郭绍虞校释：《沧浪诗话校释》，人民文学出版社1961年，第181页。
3. 元好问：《论诗绝句三十首》，引自郭绍虞主编《中国历代文论选》第二册，上海古籍出版社1979年，第450页。
4. 钱振锽：《谪星说诗》，引自《沧浪诗话校释》，第181—182页。
5. 郭绍虞校释：《沧浪诗话校释》，第182页。

难，闻一多先生也为孟郊抱不平："站在苏轼的立场上看孟郊，当然不顺眼。所以苏轼诋毁孟郊的诗。我并不怪他，我只怪他为什么不索性野蛮一点，硬派孟郊所作的不是诗，他自己的才是。因为这样，问题倒简单了。既然他们是站在对立而且不两立的地位，那么，苏轼可以拿他们标准抹煞孟郊，我们何尝不可以拿孟郊的标准否认苏轼呢？即令苏轼和苏轼的传统有优先权占用'诗'字，好了，让苏轼去他的，带着他的诗去！我们不要诗了。我们只要生活，生活磨出来的力，像孟郊所给我们的是'空螯'也好，是'蜇吻涩齿'或'如嚼木瓜，齿缺舌敝，不知味之所在'也好，我们还是要吃，因为那才可以磨炼我们的力。"[1]

其实，只要我们追溯一下形成孟郊苦涩的艺术风格的深层原因，很快就会发现他的苦涩具有相当深广的社会内涵。孟郊的时代，大小藩镇为争夺统治地盘而残杀不已，还多次起兵与朝廷抗衡。当时生活在底层的劳动人民被抛向无边的苦海，整个大唐帝国处处秋风萧瑟。孟郊目睹的多是不断的战争烽火，耳闻的总是人民辛酸的呻吟。丹纳说："要了解艺术家的趣味与才能，……为什么特别喜爱某种典型色彩，表现某种感情，就应当到群众的思想感情和风俗习惯中去探求。"[2]这种时代的悲剧气氛反映在孟郊的艺术风格上就是诗味的苦涩：

---

1. 闻一多：《诗与批评》,《闻一多全集》卷三，三联书店1982年，第391页。
2. 丹纳著、傅雷译：《艺术哲学》，人民文学出版社1963年，第7页。

无火炙地眠，半夜皆立号。冷箭何处来，棘针风骚劳。
霜吹破四壁，苦痛不可逃。高堂捶钟饮，到晓闻烹炮。寒
者愿为蛾，烧死彼华膏。华膏隔仙罗，虚绕千万遭。到头
落地死，踏地为游遨。游遨者是谁？君子为郁陶。

——《寒地百姓吟》

　　孟郊诗歌充溢着的苦涩诗味中也烙上了他个人生活的印痕。不
少人指出孟诗"寒涩"（《中山诗话》）或"寒苦"（《岁寒堂诗话》卷
上）[1]，可见他诗中冷峻和苦涩是结合在一起的。他多难的人生使
他的诗歌充满了"悲愁郁堙之气"[2]，笼罩着凄凉苦涩之雾。在他诗
中很难见到一般诗人诗中常见的华丽、闲雅的意象，出现在他笔下
的多是些草间的秋虫、如刀的冰棱、短日的冷光等暗示着凋败零
落的景物。除了为人们所传诵的"春风得意马蹄疾，一日看遍长安
花"等几首仅有的快意之作外，他选择的多是一些不幸、痛苦、晦
暗的题材，他写穷、写病、写死、写泪、写忧愁、写愤怒……就是
那些本应属于欢愉明朗的诗材经过他感情浸润也变味了。这是他
看花——

---

1. 参见刘攽《中山诗话》（《历代诗话》，中华书局1981年，第288页）、张戒《岁
　　寒堂诗话》卷上（《历代诗话续编》，中华书局1983年，第459页）。
2. 欧阳修：《书梅圣俞稿后》，《欧阳永叔集》，《居士外集》卷二十三，上海商务
　　印书馆1936年，第11页。

三年此村落，春色入心悲。料得一孀妇，经时独泪垂。

——《看花五首》之五

这是他听乐——

听乐离别中，声声入幽肠。晓泪滴楚瑟，夜魂绕吴乡。

——《长安羁旅》

他笔下的春天又是如何呢？我们来看看他的《连州吟三首》之一：

春风朝夕起，吹绿日日深，试为连州吟，泪下不可禁……

像一经术士的手点过的东西都会变成黄金一样，经过孟郊感情浸润过的诗材都染上了苦涩的情调。我们不妨把王昌龄和孟郊的同题诗作一比较：

闺中少妇不知愁，春日凝妆上翠楼。忽见陌头杨柳色，悔教夫婿觅封候。

——王昌龄《闺怨》

妾恨比斑竹，下盘烦冤根。有笋未出土，中已含泪痕。

——孟郊《闺怨》

　　王诗中那位平时优裕得不知愁为何物的少妇，在浓妆艳抹后偶然在翠楼上看到了陌头的青青柳色，顿时引起因丈夫远别辜负了自己青春和艳色的闲愁，而这种闲愁产生的真正原因在于：要求丈夫去战场立功扬名以分享荣耀，与要求丈夫守在自己闺房以满足眼前快乐之间发生的一点小小的矛盾。

　　王诗给人的感受不是沉痛悲伤，而是青春的气息与生命的欢娱。孟诗中怨妇的怨恨则深沉忧伤，烦恼和苦恨似乎与生俱来，她无论如何也摆脱不了这种烦怨和悲愁。孟诗充满了让人压抑的苦涩情调。

　　对于他诗味苦涩的内容因素作了初步考察后，现在有必要看看他那与这种苦涩情调相应的表现手法了。

　　葛立方说："孟郊诗'楚山相蔽亏，日月无全辉''万株枯柳根，拿此磷磷溪''太行横偃脊，百里方崔嵬'等句，皆造语工新，无一点俗韵。然其他篇章，似此处绝少。"[1]他诗歌造语工巧生新同样在艺术上给他诗歌增添了涩味。不过，葛立方有一点讲得不合乎实际，像他引用的那样的诗句在孟诗中不是绝少而是很多。《雪浪斋日记》说："东野《秋怀》诗奇妙，'棘枝风哭酸，桐叶霜颜高。老虫干铁鸣，

---

1. 葛立方：《韵语阳秋》，《历代诗话续编》，中华书局1983年，第487—488页。

惊兽孤玉咆！'全似联句中造主。"[1] 又像《寒溪九首》之八："溪老哭甚寒，涕泗冰珊珊。飞死走死形，雪裂纷心肝。"这些诗的造语都同样十分生涩工巧。

不必讳言，孟郊这些生新苦涩的语言，其中少数确有"煎熬太苦，几无生气"[2] 的毛病，但大部分能从苦涩中见出浓郁的诗意。

《边城吟》："西城近日天，俗禀气候偏。行子独自渴，主人仍卖泉。烧烽碧云外，牧马青坡巅。何处作幽梦，归思寄仰眠。"再如《独愁》："前日远别离，昨日生白发。欲知万里情，晓卧半床月。……"翁方纲曾对孟郊苦涩的诗风深致不满："谏果虽苦，味美于回，孟东野诗则苦涩而无回味，正是不鸣其鸣者。不知韩何以独称之？"[3]

事实上，称许孟郊的远不只韩愈一人。我们随便可以举出一条与翁方纲绝然对立的意见。蒋抱玄在评韩愈《答孟郊》诗时说："光坚响切，自是本色，然不逮孟诗之耐人咀嚼也。"[4]

孟郊诗歌的苦涩是其思想内容与表现形式相统一中呈现出来的情调，对它所负载的思想内容来说它是十分适应与和谐的。艺术手法和艺术风格的本身不是目的，它们价值的大小要依据它们与其所

1. 胡仔：《苕溪渔隐丛话后集》卷十一，人民文学出版社1962年，第78页。
2. 薛雪：《一瓢诗话》，《原诗》《一瓢诗话》《说诗晬语》合集，人民文学出版社1979年，第134页。
3. 翁方纲：《石洲诗话》，《清诗话续编》，上海古籍出版社1983年，第1389页。
4. 引自钱仲联集释《韩昌黎诗系年集释》，古典文学出版社1957年，第58页。

表达内容的适应情况而定，因此，我们有足够的理由肯定孟郊苦涩诗风的艺术价值。至于有人喜欢轻松欢快的作品和另一些人喜欢苦涩沉郁的作品，那完全是个人审美情趣的自由，但不能因此而主观地扬此抑彼。

最后，很有必要指出的是：我们是从整体上把握孟郊诗歌风格的，所以，他有少数诗歌完全可能独立于上面分析的三种特征之外，这正如杜甫也不是每首诗都能体现沉郁的风格特征一样，说明孟郊诗歌风格也不是单调贫乏的。

上面所论述的只是在他多种多样的诗歌特色的互相比较中所呈现出来的主导风格，或者说风格的主要特征，同时，他的诗歌风格又是一个各种特征有机联系在一起的整体，即便是奇崛、冷峻、苦涩三个方面也是浑然一体，只是为了论述方便和更能突出主导方面才将它分解开来阐述。虽然不能说孟郊的每首诗都能充分体现他的主导风格，但在大多数情况下他的诗歌是既奇崛又冷峻同时也是苦涩的，只不过在具体诗中，这三方面各有侧重而已，如《秋怀十五首》之十二：

　　流运闪欲尽，枯析皆相号。棘枝风哭酸，桐叶霜颜高。老虫干铁鸣，惊兽孤玉咆。商气洗声瘦，晚阴驱景劳。集耳不可遏，噎神不可逃，賽行散余郁，幽坐谁与曹。抽壮无一线，剪怀盈千刀。……

就这首诗的构思来看，十分奇崛；就它的意境来说，十分冷峻；就它的情调来讲，又十分苦涩，因此，奇崛、冷峻和苦涩在他诗中构成了某种内在完整性。

第五章

淡而浓·瘦而腴·朴而巧

——论孟诗语言的审美特征

上一章我们论述了孟郊的诗歌风格。肯定地说，没有对诗歌语言艺术的独特追求，就不能在百花斗艳的中唐诗坛形成个人独特的诗风，那么，与孟诗风格相适应的，又是一种具有什么审美特征的诗歌语言呢？

淡而浓

在我国古代诗人中，除孟郊外恐怕难寻到第二个人赢得的誉与遭到的毁竟然是那样的对立。仅就他诗歌语言而论，韩愈称之曰：

"天葩吐奇芬"[1]"荣华肖天秀"[2]。严羽贬之曰:"憔悴枯槁,其气局促不伸。"[3]翻一翻孟郊的诗集,像"轻红流烟湿艳姿,行云飞去明星稀"(《巫山曲》),"南浦桃花亚水红,水边柳絮由春风"(《南浦篇》),"樱桃花参差,香雨红霏霏"(《清东曲》),这样外在色彩艳丽的诗歌,所能举出的就这么四五首,与他四百多首诗歌比起来所占的比例小得可怜,绝大多数是那些色彩素淡的诗歌。如果仅就这几首诗歌就认为孟郊诗歌语言"荣华"、浓丽,说韩愈是以偏概全似乎也不算冤枉他。不过这里必须考虑到韩愈是"文起八代之衰"的大散文家和艺术上戛戛独造的诗人,我们绝不能随便怀疑他对诗歌精深的鉴赏力和对语言特色准确的判断力;他又是个对自己的文才、诗才十分自负的作家,对人又"少所许可",假使孟郊的诗歌语言的确"枯槁",韩愈一定不会把"荣华""奇芬"这样高的评价轻易送给他,哪怕孟郊是他志同道合的执友。因此,我们没有理由怀疑韩愈评价的准确性,更不能说这是韩愈对自己朋友的曲阿。那我们又怎么看上面严羽对孟郊的评价呢?严羽在诗歌理论和诗歌评论上都不乏独到的见解,从身前到身后都享有盛名,他不会无根据地轻诋孟郊,所以对他的评论我们不可简单地置之不问。对于这两种对立的观点的是非,只有客观事实才能作出公正的判断,韩愈和严羽这两种针锋

---

1. 韩愈:《醉赠张秘书》,《韩昌黎诗系年集释》,古典文学出版社1957年,第391页。
2. 韩愈:《荐士》,《韩昌黎诗系年集释》,第528页。
3. 严羽著、郭绍虞校释:《沧浪诗话校释》,人民文学出版社1961年,第195页。

相对的意见，最好还是让孟郊诗歌本身来辨明谁是谁非。

孟郊的大部分诗歌没有华艳的色彩和富丽的辞藻，外在特征不是浓妆，平淡才是其本色。如果从艺术技巧上寻找原因，这种平淡的特点主要是他喜欢并且善于运用白描的结果。白描是我国传统绘画中的一种表现技法，是指画家只用黑色的线条来表现对象，不着彩色而只略施淡墨渲染，对物象只作朴素的描绘，要求能准确、深刻地表现对象的外在特征和内在本质。白描手法在文学上的特点鲁迅先生曾有过精辟的论述："有真意，去粉饰，少做作，勿卖弄而已。"[1]这种手法在诗歌上的表现是不敷重彩，不用繁富的修饰，不用大量的铺陈，用尽量素淡的色彩来写景，用尽量简炼的笔墨来抒情。

孟郊用白描手法写景，色彩的选择上有他特殊的爱好和追求，用笔自有他不与别人雷同的特点。七绝《洛桥晚望》："天津桥下冰初结，洛阳陌上人行绝。榆柳萧疏楼阁闲，月明直见嵩山雪。"一个初冬的傍晚，诗人站在洛水的天津桥头由近及远地眺望，触目之处就是一幅画面：桥下的洛水在薄暮时分罩上了白玉似的薄冰，这时候喧闹嘈杂了一天的洛阳大道上也行人断绝了，大道两旁的榆树和柳树早已是萧条疏落，和洛阳的楼台亭阁一样顿时显得分外闲静，而更远处的嵩山皑皑白雪与清冷乳白的月亮交辉。白冰、白雪、银白的月光构成了全诗冰清玉洁、寂寞冷清的境界。就是写春景，诗

---

1. 鲁迅：《作文秘诀》，《鲁迅全集》卷四，人民文学出版社1981年，第614页。

人也很少选用紫、红、黄、绿这些刺目的颜色，如五绝《春雨后》：

昨夜一霎雨，天意苏群物。何物最先知，虚庭草争出。

只诗尾一句就使人联想到韩愈所描绘的"草色遥看近却无"的初春景象，暗示了一片勃勃的生机。又像《春日有感》：

雨滴草芽出，一日长一日。风吹柳线垂，一枝连一枝……

同样是轻描而不重抹。无论是描春、夏，还是写秋、冬，孟郊很少有堆金砌玉的工笔描绘，多以简洁的写意手法，给我们勾勒出一幅幅笔致疏朗设色素淡的水墨画。他状物也不精雕细刻，只几笔就把对象栩栩如生地勾画出来。如写春柳："弱弱本易惊，看看势难定。因风似醉舞，尽日不能正"（《摇柳》），一个"惊"字就写出了春天新柳的娇嫩和柔弱，用"醉舞"来状风前的弱柳不能自已的左右摇摆的神态更为传神，只二十个字就把嫩柳的形神写得惟妙惟肖。

写景是为了直接或间接地写诗人之情。用白描的手法写景因为不是以色彩的艳丽鲜明见长，所以更是要使情含蓄地藏在景里，让"一切景语皆情语"。孟郊诗中的那些设色素淡的景无不浸透了诗人之情，显示了他以淡景写浓情的特色。如《秋怀十五首》之四：

秋至老更贫，破屋无门扉。一片月落床，四壁风入衣。疏梦不复远，弱心良易归。商葩将去绿，缭绕争余辉。野步踏事少，病谋向物违。幽幽草根虫，生意与我微。

诗中的落在床头的月光和从四面破壁中钻入烂衣里的寒风，既没有李白《襄阳歌》中"清风朗月不用一钱买"的雅兴，也没有苏东坡《赤壁赋》里"江上之清风与山间之明月"的闲情，就是那还在"争余辉"的商葩也是秋气瑟瑟，显示的不是生机而是堪哀的晚景。全诗的景象生意断绝、肃杀凄寒，恰如诗人坎坷的生活和凄凉的心境。再如"山色挽心肝，将归尽日看"（《尧哥》之二，本首正题佚）。一个人在一个地方住的时间久了，自然要和这个地方的人和物产生一定的感情，如刘皂的《旅次朔方》："客舍并州已十霜，归心日夜忆咸阳。无端更渡桑干水，却望并州是故乡。"（此诗《唐人万首绝句》及《全唐诗》俱载贾岛名下，但贾的故乡是范阳而非咸阳，今从《元和御览诗集》。）孟诗的感情和刘诗中的相似，写法上各有千秋，孟郊不说自己在行将归去时对这里山山水水的依恋，反而说这里的山色"挽"住自己的"心肝"，自己不得不尽日将山看个不停，从对面着笔，情景交融，景色虽然平淡，感情却十分深沉。

孟郊写人也惯用白描，不对人物外貌作描头画脚的描写，只抓住人物特定的心理和典型动作，以简炼的诗句传神。当然，白描的手法并不排斥诗人的想象。并且常与其他表现手法连用。如代言体《征妇怨四首》之二：

君泪濡罗巾，妾泪满路尘。罗巾长在手，今得随妾身。
路尘如得风，得上君车轮。

　　首二句于疏淡处见细密：那有泪不轻弹的男儿在走上战场前与
自己心爱的妻子分离时竟然热泪横流，细心温柔的妻子不断为他拭
泪把手绢儿都湿透了，不知是粗心呢？还是放不下"大男子汉"的
架子，丈夫只顾自个儿悲伤却忘了给妻子擦泪，让她的泪水洒满了
路尘。这两句既写出了这对夫妇分别前难分难舍的眷眷深情，又准
确地写出了两人的性格特点。下四句进一步写这位征妇的心理活
动：一方面要把浸透了自己丈夫眼泪的手帕永久藏在身边好睹物思
人，一方面又希望洒满了自己眼泪的路尘经风扬起飞上丈夫的车轮
以便永远跟他在一起。诗以征妇的口吻出之，读来好像面对我们作
心灵的独白，我们为她对爱情的忠贞所感动，也加深了对给人民带
来痛苦的不义战争的憎恨。下面两诗的表现手法与此诗有相似之处：

　　欲别牵郎衣，郎今到何处？不恨归来迟，莫向临邛去。
　　　　　　　　　　　　　　　　　　　——《古别离》

　　良人昨日去，明月又不圆。别时各有泪，零落青楼前。
　　　　　　　　　　　　　　　　　——《征妇怨四首》之一

以上各种因素形成了孟郊诗语"淡且古"[1]的特点。假如我们再深入一步，把孟郊的淡和孟浩然的淡作一比较，就会发现二者的"淡"所包含的差别非常大。孟浩然所处的时代正是大唐帝国走上坡路的时候，据杜甫说当时到处"稻米流脂粟米白，公私仓廪俱丰实"。经济的繁荣带来了精神的昂扬。他个人富裕的物质生活足以使他快乐逍遥、任情使性，仕途的不得志反而使他无官一身轻，他像富有地主家中没有领事的子弟，"少年不识愁滋味"，无忧无虑地寄傲山林、放情野逸。诗歌也多描写隐居之乐、山水之美和田园之趣，"山光忽西落，池月渐东上。散发乘夕凉，开轩卧闲敞"[2]，冲淡、恬静而又潇洒；"故人具鸡黍，邀我至田家。绿树村边合，青山郭外斜。开轩面场圃，把酒话桑麻。待到重阳日，还来就菊花"，清淡、闲适而又带几分雅致。从优点这一方面看，孟浩然平淡的语言含有飘逸的神韵，这是他的所长，但如果从另一方面看，这又是他诗歌短处的根源。因为他一生在优哉游哉的隐居中度过，社会的动乱和人生的痛苦他都没有机会去体验，这些给了他诗歌"风神散朗"的韵致，然而又使他的感情不能深沉；隐居和平静的生活给了他冲淡高旷的情怀，然而又使他的感情不浓烈而有时失之平庸。孟郊恰恰和孟浩然相反——孟浩然所有的正是孟郊所缺的，孟浩然的短处又恰好是孟郊的长处。孟郊的时代，唐王朝江河日下，战争和贫困时

---

1. 黄彻：《䂬溪诗话》，《历代诗话续编》，中华书局1983年，第366页。
2. 孟浩然：《夏日南亭怀辛大》，《唐诗别裁集》，中华书局1975年影印本，第15页。

时威胁着人们。他个人的生活大多处在困顿之中，这使他不时激愤怨恨、牢骚不满，笔下也很少出现孟浩然所长期吟咏的题材，常常老实不客气地写贫困、饥寒、忧愁，也不可能有孟浩然那种令历代骚人墨客啧啧称美的"韵致"。苦难使他失去了孟浩然的长处，同时又使他避免了孟浩然的短处。饱经了世患，看惯了冷眼，使他的感情比孟浩然深沉得多，诗情也浓烈得多。如果说孟浩然诗语的特点是淡而旷，那么孟郊诗语的特点就是淡而浓。他的名篇《游子吟》，人们称赞得够多了，这里不拟再引，我们来看看《杏殇九首》之五：

踏地恐土痛，损彼芳树根，此诚天不知，剪弃我子孙。

垂枝有千落，芳命无一存。谁谓生人家，春色不入门。

老年丧子，这对他的打击之沉重是可想象的。杏花的飘零在一般诗人的诗中充其量不过引起他们一缕惜春的闲愁，在孟郊这位不幸的老人眼中，零落的杏花仿佛成了他夭亡的幼子。他在落花的杏树下徘徊，脚步是那样的轻，似乎脚一着地就会使土地疼痛以致损坏杏树的根须似的。他唯一的孩子像杏花一样飘零了，他失去了精神寄托。形容枯槁，虽生犹死，外面明媚的春色再也不属于他了。甚至连他的家门也不入，这些无华的诗句中包含着的是诗人那破碎的心，诗情的浓郁、悲怆当时就打动了无数读者的心，王建《哭孟东野诗》之二说："老松临死不生枝，东野先生早哭儿。但是洛阳城里客，家传一首《杏殇》诗。"[1] 再看一首五绝：

刚有下水舡，白日留不得。老人独自归，苦泪满眼黑。

——《留弟郢不得，送之江南》

读者只要将这首诗和李白的《送孟浩然之广陵》作一比较，不须我饶舌就能看出它语淡情浓的特点。这首绝句，色彩只有黑白二种，淡得不能再淡；没有用任何特别的修辞手法，明白如话，简得不可再简，但我们从这二十个平平常常的字中体会到了深深的怅惘和凄楚的离情。当弟弟离别之际，他愁肠百结，不能像李白那样有心思去注意友人离别的场所、季节的特点，难堪的别情甚至于使孟郊连立岸目送也不可能，弟弟的船一离去，他就苦泪纵横，两眼发黑，又怎能像李白那样去注意友人远去的帆影、碧空呢？李白送别的友人是著名的诗人，离别是在烟花三月的春日，去的地点又是城郭如画的扬州，所以李白诗中那远去的孤帆虽然寓有别情，可和这别情相伴的是欢愉和明快。孟郊在垂老之年与亲弟分别，对故乡的怀念、旅况的孤独和生活的艰难一齐涌上心头，特别是这次分别很可能成为兄弟间的永别，他不可能有李白诗中的那种别情，而是酸楚悲痛的离愁别苦。以淡色、简笔写浓情，是这首诗语言的特点，

---

1. 王建：《哭孟东野诗》之二，引自华忱之校订《孟东野诗集》附录，人民文学出版社1959年，第278页。

也是他诗歌语言的第一个特色。

现在我们回头看看韩愈与严羽的评价。韩愈的"天葩吐奇芬"中的"天秀"也不应该指语言外表的华丽，而是指语言的内秀。至于严羽的"憔悴枯槁"，我认为这四个字分别指诗情和诗语。如果指孟郊的诗情，"憔悴"则有之，因为孟郊诗中的感情，不仅是浓烈的也是苦涩的；如果指孟郊的诗语，"枯槁"则未必，因为严羽只看到了孟郊诗歌语言的外表。

瘦而腴

文艺里的瘦硬与丰腴像大自然中的春兰与秋菊一样，各具其美。而对于一个艺术家或诗人来说，瘦硬往往是一种只有自己的艺术技巧已经达到了炉火纯青时才具有的美，或者说是一种更成熟的美。清朝画家郑燮晚年总结自己的创作经验说："四十年来画竹枝，日间挥写夜间思。冗繁削尽留清瘦，画到生时是熟时。"[1] 孟郊的诗语同样是繁冗削尽，清瘦硬挺。韩愈在他生前就曾以"横空盘硬语"评其诗[2]，钱锺书先生也以"瘦硬"评他的五古[3]，瘦硬是他诗歌语言

---

1. 郑燮：《郑板桥集》，上海古籍出版社1983年，第206页。
2. 韩愈：《荐士》，《韩昌黎诗系年集释》，古典文学出版社1957年，第528页。
3. 钱锺书：《谈艺录》，香港国光书局1979年，第169页。

的又一特点。

"文章千古事，得失寸心知"，孟郊深知自己诗歌语言这一特点，在《戏赠无本二首》之一中曾以"诗骨耸东野"自许。什么是他所谓的"诗骨"呢?《文心雕龙·风骨篇》说:"沉吟铺辞，莫先于骨。故辞之待骨，如体之树骸。"[1]范文澜注说:"辞之与骨，则辞实骨虚。辞之端直者谓之辞，而肥辞繁杂亦谓之辞，惟前者始得文骨之称，肥辞不与焉。"[2]王元化对范注作了引伸:"《范注》所说的虚与实也可理解作内与外。虚包括在实里面，是实的内在素质。……骨对于辞来说，骨虚辞实，骨是内，辞是外(正如骸包括在体内一样)。"[3]可见"骨"是辞的主干。只有那些"结言端直""析辞必精"的辞才配称之为有"骨"，"若瘠义肥辞，繁杂失统，则无骨之征也"[4]。《文心雕龙》的其他篇章也多次讲到"骨":"繁华损枝，膏腴害骨"[5]，"腴辞弗剪，颇累文骨"[6]。孟郊的"诗骨"与刘勰所讲的"骨"是同一个概念，与我们这里所论述的瘦硬也是相通的。关于诗语之"瘦"，蒋伯起《通斋诗话》说:"英石之妙，在皱、瘦、透。此三字可借以

1. 刘勰:《文心雕龙·风骨篇》,《文心雕龙注》,人民文学出版社1958年,第513页。
2. 范文澜注:《文心雕龙注》,第516页。
3. 王元化:《文心雕龙创作论》,上海古籍出版社1979年,第59页。
4. 刘勰:《文心雕龙·风骨篇》,《文心雕龙注》,第513页。
5. 刘勰:《文心雕龙·诠赋篇》,《文心雕龙注》,第136页。
6. 刘勰:《文心雕龙·议对篇》,《文心雕龙注》,第438页。

论诗。……削肤存液斯为瘦，瘦则不腻……"[1]这就是刘勰所说的有骨的标准之一——"析辞必精"；关于诗语之硬是指诗歌语言的刚健遒劲、峥嵘有力，也就是刘勰所说的有骨的标准之二——"捶字坚而难移"，每个字都须下得稳重、坚实。假使我上面这些分析不致谬误的话，那么，瘦硬就是孟郊自道的"诗骨"在语言上的表现。

他自己大量的诗作可以作证，他的诗语当得起"诗骨耸东野"这一自评。他的诗没有左陪右衬的芜句，难寻剪红刻翠的肥词，更多的是抓住主要的特征，作粗线条的勾勒，画龙点睛式的描绘，瘦硬的特点极为显著。这一点与我们上一节论到的白描有很多相似的地方。如《商州客舍》：

商山风雪壮，游子衣裳单。四望失道路。百忧攒肺肝。……

诗人的笔墨是那样吝啬，状商山的风雪只用一个"壮"字，再用单音节形容词"单"形容衣裳之薄，与"壮"形成强烈的反衬，"失"字明写四望道路迷茫，暗写内心的惶惑。不说百种愁情、千种忧思使自己黯然伤心，而说"攒"自己的肺肝，"攒"字下得如此结实，让人感到愁情忧思如坚硬的固体一样。这四句诗典型地体现了刘勰所谓"析辞必精"特点。他大多数诗歌都是这样，找不到一个"尸位

---

1. 引自钱锺书《谈艺录》，香港国光书局1979年，第236页。

素餐"、浮泛不实的字句，文字十分紧凑、凝炼。

《商州客舍》诗句基本是白描的，可见白描不仅是形成诗语素淡的基础，与瘦硬也有密切的关系。不过诗歌中瘦硬的诗语常常是白描的，但白描的语言不一定是瘦硬的。和孟郊同时的著名诗人中，白居易的白描形成了他诗语的通俗，张籍的白描形成了他诗语的流荡。倘若我对孟郊诗语瘦硬的分析就此止步，那还不能说找到了形成他诗语瘦硬的主要原因。下面我们将从他诗中名词、动词的使用等方面来考察一下他诗语的瘦硬是如何形成的。

诗中的比喻是诗人自觉而有目的的联想，选取什么意象作为喻体，受他自己的审美理想的制约。对于一个诗人来说，审美观虽然随着时代、生活的变化而变化，但一经形成就具有相对的稳定性，因此，在喻体的选用上也可能形成某种较稳定的特点。孟郊喜欢选用具有硬度的东西作为喻体，使作为本体的无形或柔软的东西具有坚硬的特性。首先来看看他用坚硬事物作喻体来比喻无形的本体：

　　一尺月透户，仡栗如剑飞。

　　　　　　　　——《秋怀十五首》之三

　　老虫乾干鸣，惊兽孤玉咆。

　　　　　　　　——《秋怀十五首》之十二

弃置复弃置，情如刀刃伤。

——《落第》

棘针风相号，破碎诸苦哀。

——《吊卢殷十首》之三

壮士心是剑，为君射斗牛。

——《百忧》

病中偃蹇在床，冷月穿窗不禁使他心惊肉跳，恍如寒剑飞窗而入；秋夜里那些行将毙命的老虫的呻吟像秋风中干铁似的铮铮作声；受惊的野兽的咆哮仿佛是敲打孤玉似的铿铿作响；听到卢殷死去的消息，怒号的风如荆棘和针一样地刺入，把满怀的苦恼和哀衷都弄得破碎不堪；诗人青壮年时的勃勃雄心好像射天的宝剑，一心要为君王高射斗牛。这些比喻中作为本体的月光、心情、风、虫声、咆哮、壮志都是无形的东西，一经比喻好像都具有了固体的坚硬的性质，因为有剑、刀刃、棘、针、孤玉这些物体作为喻体，整个诗句也显得硬朗。孟郊诗中的比喻不仅使无形的物体变得形象可感，也使轻柔松脆的物体变得坚硬有力：

峡水剑戟狞，峡舟霹雳翔。

——《峡哀十首》之十

黑草濯铁发，白苔浮冰钱。

——《石淙十首》之四

波澜冻为刀，翦割凫与鹥。

——《寒溪九首》之二

冰齿相磨啮，风音酸铎铃。

——《寒溪九首》之四

峡水、黑草、白苔、波澜这些东西一经诗人特殊比喻手法的处理，都具有了硬度和力度，或像剑戟一样狰狞，或像铁发一样坚硬，或像牙齿一样锋利。整个诗句因而也像它的喻体一样刚劲有力。诗人写柳更为别致：

玉缕青葳蕤，结为芳树姿。忽惊明月钩，钩出珊瑚枝……

——《宇文秀才斋中海柳咏》

在一般诗人笔下，柳树多是绿丝轻扬、嫩叶纷披，形象是缠绵妩媚的。孟郊匠心独运，先说葳蕤的柳丝如缕，忽又生奇想，惊疑这些玉缕似的柳丝是不是明月（指下弦月或上弦月）的"铁钩"从海底钩起来的碧绿的珊瑚枝。孟郊笔下的柳丝一反其他诗人诗中柳丝的那种轻柔，独显瘦劲。

我们分析了比喻的特殊使用与他诗语瘦硬形成的关系，这只是从名词的角度考察他诗语瘦硬形成的一个因素，因为比喻中的喻体都是名词。下面我们将从动词的角度分析他诗语瘦硬形成的另一个因素，除了特殊的仅用名词或形容词组合产生暗示效果的诗句外，大多数诗句都离不开动词的运用。主体与客体之间的关系主要靠动词来反映，所以，动词的不同运用往往直接决定着诗歌语言的特色。如岑参的"四边伐鼓雪海涌，三军大呼阴山动"[1]，"伐""涌""呼""动"四个动词的使用使诗句雄壮；杜甫的"感时花溅泪，恨别鸟惊心"，"感""溅""恨""惊"等动词的使用使诗句沉郁；孟浩然"微云淡河汉，疏雨滴梧桐"[2]，"淡"（形容词作动词用）、"滴"的使用使诗句清淡；晚唐人的"鱼跃练波抛玉尺，莺穿丝柳织金梭"，"跃""抛""穿""织"的使用使诗句雕琢纤巧。孟郊诗歌语言中的动词大多具有劲健、有力、狠重、奇险的特点，这在很大程度上有助于他诗语瘦硬的形成。如：

蜜蜂为主各磨牙，咬尽村中万木花。

——《济源寒食七首》之七

1. 岑参:《轮台歌奉送封大夫出师西征》，陈铁民、侯忠义校注《岑参集校注》，上海古籍出版社1981年，第73页。
2. 孟浩然: 佚句，陈贻焮选注《孟浩然诗选》，人民文学出版社1983年，第65页。

冽冽霜杀春，枝枝疑纤刀。

——《杏殇九首》之六

石剑相劈斫，石波怒蛟虬。

——《峡哀十首》之三

波澜抽剑冰，相劈如仇仇。

——《峡哀十首》之四

峡棱剚日月，日月多摧辉。

——《峡哀十首》之八

　　蜜蜂采花酿蜜本是十分轻盈的，孟郊偏用"磨""咬"这样的动词来刻画它们采花的活动，使诗句产生了一种狠、重、有力的艺术效果。下面"杀""剚""割""摧""劈""斫""抽"等动词都有类似的特点。他的诗句中有这些硬挺的动词撑起，才显得筋强骨健、瘦硬通神。孟郊还常用只描写坚硬事物动态的动词来刻画无形的或液体的事物，使诗语更为峭折刚劲。如：

山浓翠滴洒，水折珠摧残。

——《送无怀道士游富春山水》

怨声能剪弦，坐抚零落琴。

——《连州吟》

抽壮无一线，剪怀盈千刀。

——《秋怀十五首》之十二

"瘦则不腻"（见上），硬则不疲。疲就是语言冗散拖沓，没有达到"坚而难移"的程度；腻是指那种浮肿、夸毗的语言给人带来的厌恶感。英国作家毛姆谈他读以文字繁富夸饰见称的英国作家罗斯金的作品感受时说："罗斯金的书我读几页倒还愉快，但翻上二十页就厌倦了。"[1]这是腻的外国注脚。孟郊诗语没有腻、疲之病，而具有一种瘦劲的美。有些诗人的诗歌语言看似丰腴而实极枯瘠，孟郊的诗歌语言瘦硬而内蕴丰富、遒劲而凝炼，已臻于似瘦而实腴的境界。如：

楚血未干衣，荆虹尚埋辉。痛玉不痛身，抱璞求所归。

——《古兴》

这是首咏史诗。史实大家都清楚，只要联系一下中唐社会统治

---

1. 毛姆:《明晰·简洁·和谐》,《现代英国散文选》,剑桥大学出版社1960年,第203页。

者的腐朽、昏聩和诗人自己的不幸遭遇就不难发现，它既是咏史，又是刺今，既是惜人，又是叹己，更是为有志有才之士的不平之鸣。这首诗的文字具有很高的密度。所谓密度，不是指语言的繁富与冗长，恰恰相反，是在尽可能精简的语言中包蕴尽可能丰富的内涵。孟郊诗语的腴主要来源于两个方面：一、语简而义丰，这首《古兴》就是其中一例；二、语瘦而情深，如《古怨别》：

　　飒飒秋风生，愁人怨离别。含情两相向，未语气先咽。心曲千万端，悲来却难说。别后唯所思，天涯共明月。

又如《秋怀十五首》之一：

　　孤骨夜难卧，吟虫相唧唧。老泣无涕夷，秋露为滴沥。去壮暂如剪，来衰纷似织。触绪无新心，丛悲有余忆。讵忍逐南帆，江山践往昔。

　　这些都是以瘦硬语言表达深厚情思的不可多得的好诗。苏东坡曾以"寒"评孟郊[1]，从语言方面讲，"寒"指诗语枯槁、寒俭、不丰腴。不必为孟郊讳言，对于他的少数诗歌来说，"寒"不算是酷评。

---

1. 苏轼：《祭柳子玉文》，《东坡集》卷三十五，《四部备要》本，上海中华书局，第243页。

瘦硬的语言如掌握得失去分寸，诗中的情致不深、蕴涵不富，就有滑向寒俭的危险。不过，孟郊大多数优秀诗作都语瘦而情深、文约而义丰，似瘦而实腴的确是他诗语的第二大特色。讥这些诗语寒俭，很难说符合孟诗实际，古人早有为孟郊诗歌叫屈的，如《养一斋诗话》卷一说："郊岛并称，岛非郊匹。人谓寒瘦，郊并不寒也。如'天地人胸臆，吁嗟生风雷，文章得其微，物象由我裁'。论诗至此，胚胎造化矣，寒乎哉？东坡云：'要当斗僧清，未足当韩豪。'不足令东野心服。遗山云：'东野穷愁死不休，高天厚地一诗囚。'抑又甚矣！"[1] 纪昀分析苏、元抑孟的原因说："郊诗托兴深微，结体古奥。唐人自韩愈以下，莫不推之。自苏轼诗空螯小鱼之诮，始有异词。元好问《论诗绝句》，乃有'东野穷愁死不休，高天厚地一诗囚'之句。当以苏尚俊迈，元尚高华，门径不同，故是丹非素。究之郊诗品格，不以二人之论减价也。"[2]

朴而巧

人们论孟郊的诗语，更多地只看到了奇巧的一面而往往忽略了它朴拙的一面。其实，他的诗歌语言中，奇巧与朴拙是相辅相成的。

---

1. 潘德舆：《养一斋诗话》，《清诗话续编》，上海古籍出版社1983年，第2015页。
2. 纪昀：《四库全书总目提要》，中华书局1965年影印本，第1292页。

朴里藏巧，巧中带朴是他诗语的第三个特色。的确，孟郊十分追求诗语的精巧新奇（见前），但他同时又崇尚古朴，"业峻谢繁芜，文高追古昔"是他努力的目标。经过他不懈的艺术磨炼，朴与巧在他诗语中辩证地统一起来了。

朴是语言未加雕琢的自然质朴状态，拙指语言的稚拙真率。孟郊诗语既有民歌的质朴真率，又有古乐府的古拙自然。从下面两首例诗里可以感受到他诗中民歌的风致：

> 射鸭复射鸭，鸭惊菰蒲头。鸳鸯亦零落，彩色难相求，
> 侬是清浪儿，每踏清浪游。笑伊乡贡郎，踏土称风流。如
> 何卯角翁，至死不裹头。

——《送淡公十二首》之五

且不说"射鸭复射鸭"这种民歌风的调子，也不提"侬""清浪儿""乡贡郎"这些民间口语，单是诗中那种射鸭的水乡生活，洋溢于诗中那种真率的情趣，就在我们眼前展现出一幅活生生的江南人民质朴、纯真的生活图画，诗歌也像它所描绘的生活本身一样：质朴、纯真。在孟郊集中这样的好诗很多：

> 铜斗饮江酒，手拍铜斗歌。侬是拍浪儿，饮则拜浪婆。
> 脚踏小舡头，独速舞短莎。笑伊渔阳操，空恃文章多。闲
> 倚青竹竿，白日奈我何。

只有诗人朴质之性才会有朴质之诗。他一生厌恶虚伪，热爱诚朴，所以，当同乡诗僧淡公回乡时，他乡思转浓："离肠绕师足，旧忆随路延。不知几千尺，至死方绵绵。"（《送淡公十二首》之九）他留恋青少年时代和家乡劳动人民在一起的那种真诚的生活。这首诗中那种纯朴得近乎稚气的感情就是他青少年生活的真实记录。无怪乎就是在一千多年后的今天读来，仍能感受到那种浓郁的江南水乡生活的气息，无怪乎对孟郊多有挑剔的苏东坡也说："尚爱铜斗歌，鄙俚颇近古。桃弓射鸭罢，独速短蓑舞。不忧踏船翻，踏浪不踏土。"[1]用当时的口语和民歌写自己的所历所感，朴素自然而又亲切有味。这种朴质是他从民间吸取营养的结果。它有民歌的清新真率和明快活泼，显得朴中含俚。当然，孟郊的古体诗更多的还是取法古乐府，并能深得其神韵。他的诗语朴质简古，如《闻砧》：

　　杜鹃声不哀，断猿啼不切。月下谁家砧，一声肠一绝。

　　杵声不为客，客闻发自白。杵声不为衣，欲令游子归。

一开始以"杜鹃声"和"断猿啼"衬起，再反接砧声，用前二者的凄苦之音来反衬游子耳中砧声的哀切。然后"杵声不为客"和"杵

---

1. 苏轼：《读孟郊诗二首》之二，《苏轼诗集》，中华书局1982年，第797页。

声不为衣"两个相同的排叠的句式错综而下，恰好地反映了游子思念家乡的迫切心情。"切""绝"和"客""白"两组急剧的入声韵正合游子急促悲切的情怀，结尾用"衣""悲"一对徐缓的平声韵又正好表现出游子乡愁的悠深。全诗句法古拙单纯，语言雅洁简古，音节多变苍凉。沈德潜评此诗说："竟是古乐府。"[1] 又如：

> 一别一回老，志士白发早。在富易为容，居贫难自好。
> 沉忧损性灵，服药亦枯槁。秋风游子衣，落日行远道。君
> 问去何之，贱身难自保。
>
> ——《怨别》

起二句以咏叹出之，好像游子撇开了许多离别的伤心和痛苦才说出这两句话，见得格外曲折深至。刘须溪评这两句说："便极顿挫，殆不可复得。"[2] 诗语明白简炼，"通透有味"（同上），大有汉代古诗"结体散文，直而不野"[3] 的韵味，读来立刻令人想起古诗十九首或称作苏李的怨别诗。刘须溪说它"古意沉着，甚有余情"[4]。的确中肯地道出了它的艺术特色。像《古离别》《远愁曲》《边城吟》《楚怨》《古怨别》《古别曲》都写得古朴深挚，如《古别曲》：

---

1. 沈德潜：《唐诗别裁集》，中华书局1975年影印本，第64页。
2. 引自高楝《唐诗品汇》，上海古籍出版社1982年影印本，第233页。
3. 刘勰：《文心雕龙·明诗篇》，《文心雕龙注》，人民文学出版社1958年，第66页。
4. 引自高楝《唐诗品汇》，第233页。

山川古今路，纵横无断绝。来往天地间，人皆有离别。行衣未束带，中肠已先结。不用看镜中，自知生白发。欲陈去留意，声向言前咽。愁结填心胸，茫茫若为说。荒郊烟莽苍，旷野风凄切。处处得相随，人那不如月。

孟郊不仅善于用拙，也工于用巧。他诗中别致工巧、令人耳目一新的诗句络绎不绝。他的巧，有的表现在他极力苦思的白描中，如"卧冷无远梦，听秋酸别情。高枝低枝风，千叶万叶声"（《秋夕贫居述怀》）。后两句是两个词组。把这种结构完全相同的词组连在一起，表现出盈耳的秋声是如此的单调、重复，恰好反映了贫居不寐的游子烦闷、无聊的心情。刘须溪说这两句是"创体"[1]，它确实表现了诗人的独创性。他的巧，有的表现在新奇的比喻里，如"青发如秋园，一剪不复生；少年如饿花，瞥见不复明"（《秋怀十五首》之八），"君心匣中镜，一破不复全；妾心藕中丝，虽断犹牵连"（《去妇》）。有的是几种方法结合起来运用：

众虫聚病马，流血不得行。后路起夜色，前山闻虎声。此时游子心，百尺风中旌。

——《京山行》

---

1. 引自高棅《唐诗品汇》，上海古籍出版社1982年影印本，第234页。

行人只顾赶路，天晚不觉，夜色仿佛是从后面追上来的，"后"字和"起"字都下得妙。"前"字也极妥帖精确，拼命赶路，精神都集中在前方，这样才只注意到前面的虎声。后两句用高空中左右飘动摇摆的旌旗来比喻赶夜路的游人恍惚不安的心情，更是形象巧妙。

　　如果一味斗巧争新、雕琢掎扯，必然真质大伤，笃情因掩，语言也失去了天真之趣。我们只是为了方便，才将孟郊诗语的朴与巧分开来论述，事实上，朴与巧在他诗语中总是结合在一起的。如"三峡一线天，三峡万绳泉。上仄碎日月，下掣狂漪涟"（《峡哀十首》之三）。诗人平平道来，又是那么奇险工巧。还有"借车载家具，家具少于车。借者莫弹指，贫穷何足嗟。百年徒役走，万事尽随花"（《借车》），这是一首常为人称道的诗，其中令人激赏的比喻，好像是作者在不经意时顺手拈来的。全无人工痕迹，堪称大巧若拙。

　　如果朴拙得近于粗糙，古简得失之苟且，必然使诗语质木无文、死板呆滞，缺乏任何艺术魅力。刚才我们领略了他诗语巧中带朴的艺术技巧，下面再品尝一下他朴里藏巧的诗作：

　　青山白屋有仁人，赠炭价重双乌银。驱却坐上千重寒，烧出炉中一片春。吹霞弄日光不定，暖得曲身成直身。

　　　　　　　　　　　　　　　　——《答友人赠炭》

一闭黄蒿门，不闻白日事。生气散成风，枯骸化为地。

负我十年恩，欠尔千行泪。洒之北原上，不待秋风至。

——《悼幼子》

　　上首是写给友人送炭的谢诗，下首是悼念夭亡幼子的至语。二诗都情深意挚，来不得半点做作，朴质是这两首诗歌语言的共同基调，但遣词驱字又是那样工巧新鲜。朴里藏巧、情文并至。

　　王世贞在《艺苑卮言》中说："长吉师心，故尔作怪，亦有出人意表者。然奇过则凡，老过则稚，此君所谓不可无一，不可有二。"[1]可见，奇与凡、朴与巧、老与稚中存在着艺术辩证法。它们之间既对立又统一，各以自己的对方为存在的前提，如果一方太过，一方不及，必然出现奇过则凡、巧过则平、老过则稚的现象。"辩证法是人类的全部认识所固有的。"[2]孟郊对艺术执着的追求使他能在创作中实践着艺术辩证法的原则，钱锺书曾指出："东野五古佳处，深语若平，巧语带朴，新语入古，幽语含淡，而心思巉刻，笔墨圭棱"[3]，它的诗语唯其朴中有巧，朴才不流于粗糙，唯其巧中寓朴，巧才不失于纤弱。

　　孟郊对于诗语艺术辩证法的运用毕竟是不自觉的，因此他诗

---

1. 王世贞：《艺苑卮言》,《历代诗话续编》，中华书局1983年，第1010页。
2. 列宁：《谈谈辩证法问题》,《列宁选集》卷二，人民出版社1972年，第714页。
3. 钱锺书：《谈艺录》，香港国光书局1979年，第196页。

语中有少数缺乏艺术光彩也就不足为怪。或淡而伤枯，或瘦而伤寒，或朴而伤粗，或巧有入怪，但这只是他诗语的白璧之瑕。淡而浓，瘦而腴，朴而巧，才是他诗语的主要特色，也是他诗语的魅力所在。

第六章

"诗骨耸东野，诗涛涌退之"

——韩孟诗风比较片论

一

　　韩愈在诗文两个领域都是革故鼎新的人物。不过，他与孟郊一起的诗歌革新似乎没有他同柳宗元一起倡导的古文运动那样得到后世的一致首肯。称他"文起八代之衰"的苏轼，在《潮州韩文公庙碑》中好像忘记了韩愈也写过很多诗，竟然对他的诗只字不提，似乎韩诗有损这位韩文公的清誉，因而有必要为尊者讳似的，黄庭坚比苏轼要不客气得多，直通通地说韩诗"故尔不工"[1]。认为"退之于诗本无解处"似乎是宋人的公论，有人甚至干彻就说韩诗不过是"退

---

1. 引自陈师道《后山诗话》，《历代诗话》，中华书局1981年，第303页。

之诗乃押韵之文耳"[1]。可是，到了清代叶燮却把韩愈推为宋代那些诗擘的鼻祖："唐诗为八代以来一大变。韩愈为唐诗一大变，其力大，其思雄，崛起特为鼻祖。宋之苏、梅、欧、苏、王、黄，皆愈为之发其端，可谓极盛。"[2]韩、孟等人的诗歌为唐诗中的"宋诗"[3]，苏、黄等人的确数典忘祖，而叶氏又未免夸大其词，前者把诗歌的变革看成是罪过，后者又把诗歌革新的功劳记在一个人账上。"唐诗一大变"并非始于韩愈，中唐的元、白、韩、孟都在诗歌领域里闯出了新路，没有依照盛唐诗人的路数写诗。就进行诗歌变革的先后来说，孟郊首先自觉地突破盛唐诗歌的烂熟套路；就韩孟诗派所刻意追求的奇险诗风而论，孟郊更是首开其端。

孟郊贞元七年往长安应进士试，恰巧当时韩愈也在长安准备明年的进士考试，韩、孟初会约在这一年，时孟郊已四十一岁，韩愈才二十四岁。孟郊当时已形成了个人奇险矫激的诗风，而韩愈此时诗作既不多，诗风更谈不上成熟，技巧也略嫌稚嫩。《长安交游者一首赠孟郊》就是韩、孟相会不久的诗作："长安交游者，贫富各有徒。亲朋相过时，亦各有以娱。陋室有文史，高门有笙竽。何能辨荣悴？

1. 参见陈师道《后山诗话》(《历代诗话》，中华书局1981年)，及魏庆之《诗人玉屑》卷十五 (上海古籍出版社1978年，第323页)。
2. 叶燮：《原诗》,《原诗》《一瓢诗话》《说诗晬语》合集，人民文学出版社1979年，第8页。
3. 钱锺书：《谈艺录》，香港国光书局1979年，第3页。

且欲分贤愚。"[1] 钱仲联先生将此诗编在贞元九年，但从内容上看它与韩愈贞元八年以后安慰孟郊落第的诗不同，它只泛泛地说自己与孟郊属于穷朋友，当是初交的酬赠之作。蒋抱玄评此诗说："意调大率浅露。"[2] 在这前后，韩愈还写有《北极一首赠李观》，蒋抱玄也说它"不求奇而层折有致，颇得渊明冲淡之致"[3]。写于贞元八年的《孟生诗》中，韩对孟郊的认识就深多了，从结尾的"卞和试三献，期子在秋砧"[4]句看，它是安慰孟郊落第之作，不过它在艺术上仍"颇不以险硬见能"[5]。贞元十四年春，孟郊离开汴州时有《汴州别韩愈》诗一首，韩愈有《答孟郊》相酬，蒋抱玄比较二诗说：韩诗"光坚响彻，自是本色，然不逮孟诗之耐人咀嚼也"[6]。从这几首诗可以看到，韩愈在与孟郊初交时尚未形成个人奇险的诗风。

而孟郊在贞元七年时就已诗作甚富，韩愈在《孟生诗》中称他"作诗三百首，窅默咸池音"。李观在写于贞元八年的《上梁补阙荐孟郊崔宏礼书》中，称"孟之诗五言高处，在古无上，其有平处，

---

1. 韩愈：《长安交游一首赠东郊》，《韩昌黎诗系年集释》，古典文学出版社1957年，第10页。
2. 引自钱仲联集释《韩昌黎诗系年集释》，第11页。
3. 引自钱仲联集释《韩昌黎诗系年集释》，第10页。
4. 韩愈：《孟生诗》，《韩昌黎诗系年集释》，第12页。
5. 引自钱仲联集释《韩昌黎诗系年集释》，第18页。
6. 引自钱仲联集释《韩昌黎诗系年集释》，第58页。

下顾二谢"[1]。孟写于贞元八年的《长安羁旅行》说："十日一理发，每梳飞旅尘；三旬九过饮，每食唯旧贫。"《失意归吴因寄东台刘复侍御》："自念西上身，忽随东归风。长安日下影，又落江湖中。"《长安旅情》："尽说青云路，有足皆可至。我马亦四蹄，出门似无地。"这些诗都写得奇崛瘦硬，所以韩愈对孟郊是那样倾倒折服：

昔年因读李白杜甫诗，长恨二人不相从。吾与东野生并世，如何复蹑二子踪？东野不得官，白首夸龙钟；韩子稍奸黠，自惭青蒿倚长松。低头拜东野，愿得始终如驱蛩。东野不回头，有如寸莛撞巨钟。吾愿身为云，东野变为龙，四方上下逐东野，虽有离别何由逢？

——《醉留东野》

虽然韩后来在奇险上比孟走得更远，但孟郊对韩愈诗风形成的影响是不容忽视的。宋以后许多评论家不顾历史事实，硬要把韩愈对孟郊的倾心折服，说成是韩胸襟的博大，沈德潜就是个突出的例子："韩子高于孟东野，而为云为龙，愿四方上下逐之。……古人胸襟，广大尔许。"[2]诗史上素有韩孟谁影响谁的争论，其实答案是明

---

1. 李观：《上梁补阙荐孟郊崔宏礼书》，引自华忱之校订《孟东野诗集》附录，人民文学出版社1959年，第288页。

2. 沈德潜：《说诗晬语》，《原诗》《一瓢诗话》《说诗晬语》合集，人民文学出版社1979年，第256页。

摆着的，遗憾的是有些诗论家比韩愈本人要世故得多，硬是不承认韩受惠于孟的事实，怕这样有损于"道济天下之溺"的"韩文公"的地位。当然，说公道话的也大有人在："游韩门者，张籍、李翱、皇甫湜、贾岛、侯喜、刘师命、张彻、张署等，昌黎皆以后辈待之。卢仝、崔立之虽属平交，昌黎亦不甚推重。所心折者，惟孟东野一人。荐之于郑余庆，则历叙汉、魏以来诗人，至唐之陈子昂、李白、杜甫，而其下即云：'有穷者孟郊，受才实雄骜。'固已推为李、杜后一人。其赠东野诗云：'……我愿身为云，东野变为龙。'是又以李、杜自相期许。其心折东野，可谓至矣。盖昌黎本好奇崛谲皇，而东野盘空硬语，妥贴排奡，趋尚略同，才力又相等，一旦相遇，遂不觉胶之投漆，相得无间，宜其倾倒之至也。今观诸联句诗，凡昌黎与东野联句，必字字争胜，不肯稍让；与他人联句，则平易近人。可知昌黎之于东野，实有资其相长之功。"[1]

　　之所以不惜花费笔墨将这段文字抄在这里，是因为它是韩孟的高下与影响之争中尊重历史的持平之论。在韩孟交往的前期，主要是孟影响韩，后来他们二人深心相契、趣尚略同，彼此相互激励和促进，使各自的诗风在保持自己个性的同时，呈现出某种相同的艺术特色。

---

1. 赵翼:《瓯北诗话》卷三,《清诗话续编》,上海古籍出版社1983年,第1164—
　　1165页。

二

韩孟诗风这种共同的特色就是：尚奇。刘熙载在《艺概·诗概》中指出："昌黎、东野两家诗，虽雄富清苦不同，而同一好难争险。惟中有质实深固者存，故较李长吉为老成家数。"[1]

各种诗歌体裁和诗歌语言，在盛唐诗人手中已臻于完美圆熟。盛唐的诗歌高峰过后，"大历十才子"们缺乏艺术创新的气魄和才气，诗歌创作仍然沿袭盛唐诗的熟境熟词。"愈尝自谓'陈言之务去'，想其时陈言之为祸，必有出于目不忍见、耳不忍闻者。使天下人之心思智慧，日腐烂埋没于陈言中，排之者比于救焚拯溺，可不力乎。"[2]至贞元时孟郊和韩愈才开始打破大历诗歌的庸熟套路，通过诗歌语言的"陌生化"，通过诗歌意境的创新，使诗歌展示出与盛唐诗不同的新风貌，他们以奇崛险硬来矫大历诗歌的庸熟平弱。韩愈在孟郊的生前和死后，两次对孟的诗才和诗风作过公正而非恭维的评价："有穷者孟郊，受材实雄骜。冥观洞古今，象外逐幽好。横空盘硬语，妥帖力排奡。敷柔肆纤余，奋猛卷海潦。荣华肖天秀，捷疾逾响报。"[3]在《贞曜先生墓志铭》中又称赞孟郊说："及其为诗，刿目钬心，刃迎缕解，钩章棘句，掏擢胃肾，神

---

1. 刘熙载《艺概》，上海古籍出版社1978年，第64页。

2. 叶燮：《原诗》，《原诗》《一瓢诗话》《说诗晬语》合集，人民文学出版社1979年，第9页。

3. 韩愈：《荐士》，《韩昌黎诗系年集释》，古典文学出版社1957年，第528页。

施鬼设，间见层出。"[1]孟郊的诗才和诗歌成就可以无愧地承受这些称扬，但将它移来评价韩诗也同样恰当，韩愈对孟诗的赞扬间接也是对自己诗风的肯定。"横空盘硬语""神施鬼设"，就是以奇险惊人之笔，力排大历诗风的平腐庸弱。程学恂的《韩诗臆说》指出"韩诗屏常熟，翻新见奇"。其实这也是韩孟二人的共同特点，它们主要表现在——

（一）屏斥律化现象。孟郊没有一首五言或七言律诗，绝大部分都是五古。韩愈的近体诗多作于排斥佛老和抗世违俗的勇气已经消沉的晚年。他们的古体诗结体古奥，极力避免使用对句和律句，摆脱诗中一色的"二元并列"句式，大量使用散句和单句。如孟郊的《送淡公十二首》之三：

    铜斗饮江酒，手拍铜斗歌，侬是拍浪儿，饮则拜浪婆。脚踏小舡头，独速舞短莎。笑伊渔阳操，空恃文章多。闲倚青竹竿，白日奈我何。

除了五字一句没有突破古诗要求外，全诗洋溢着古朴的散文情调，苏轼在《读孟郊诗二首》中说："尚爱铜斗歌，鄙俚颇近古。"韩

---

1. 韩愈:《贞曜先生墓志铭》,《昌黎先生集》卷二十九,《四部备要》本,上海中华书局，第272页。

愈的古诗更是"有故避属对者"[1]，如五古《此日足可惜》："淮之水舒舒，楚山直丛丛。"力避熟句、对句和律句的结果，是韩孟的古诗古拙瘦劲。

（二）破坏定型音节。五言诗句式的常规是上二下三，七言为上四下三，但孟郊和韩愈偏要打破常规，以一种新的音节创造新的句式。如孟郊的：

因冻死 得食，杀风仍不休。

——《寒溪九首》之六

飞死走死 形，雪裂纷心肝。

——《寒溪九首》之八

上天下天 水，出地入地 舟。

——《峡哀十首》之二

高枝低枝 风，千叶万叶 声。

——《秋夕贫居述怀》

---

1. 强幼安：《唐子西文录》，《历代诗话》，中华书局1981年，第444页。

一步一步 乞，半片半片 衣。

——《送淡公十二首》之十二

忽惊红琉璃，千艳万艳 开。

——《溧阳唐兴寺观蔷薇花》

藏 千寻布水，出 十八高僧。

——《怀南岳隐士二首》之一

遥青新画出，三十六 扇屏。

——《生生亭》

鸦路不可越，三十六渡 溪。

——《鸦路溪行呈陆中丞》

韩愈的诗句同样拗涩生新：

乃 一猪一龙

——《符读书城南》

时 天晦大雪

——《南山诗》

固 罪人所徙

——《泷吏》

在 纺织耕耘

——《谢自然诗》

嗟我道 不能自肥

——《送区弘南归》

虽欲悔 舌不可扪

——《陆浑山火和皇甫湜用其韵》

后来韩比孟甚至走得更远,完全以散文的音节和句式写诗,如《嗟哉董生行》:

淮水出桐柏山,东驰遥遥千里不能休。淝水出其侧,不能千里,百里入淮流。寿州属县有安丰,唐贞元时,县人董生召南隐居行义于其中。刺史不能荐,天子不闻名声。爵禄不及门,门外惟有吏,日来征租更索钱。嗟哉董生朝出耕,夜归读古人书,尽日不得息。或山于樵,或水于渔……嗟哉董生孝且慈。人不识,惟有天翁知。生祥下瑞无休期。家有狗乳出求食,鸡来哺其儿,啄啄庭中拾虫蚁,哺之不食鸣声悲，彷徨踯躅久不去，以翼来覆待狗归。嗟哉董生，谁将与俦？时之人夫妻相虐兄弟为仇，食君之禄，而令父母愁。亦独何心？嗟哉董生无与俦！

诗歌那种整饬的句式和抑扬的音节不见了，代之以参差拗峭的散文句式，这首诗大概是古典诗歌在句式音节上奇拗的极致了。为了使语言产生奇特惊人的效果，韩愈还特别喜欢用险韵和僻字，如《陆浑山火》《猛虎行》等，"徒挦摭奇字，诘曲其词，务为不可读以骇人耳目"[1]，这就由奇险堕入怪僻了。

（三）创造奇险诗境。大历那种平淡的诗境远袭王孟而少新变，至贞元时已陈腐烂熟，孟郊和韩愈别创奇险的艺术境界，给人以全新的审美感受。先看孟郊的：

> 溪老哭甚寒，涕泗冰珊珊。飞死走死形，雪裂纷心肝。剑刃冻不割，弓弦强难弹。常闻君子武，不食天杀残。斫玉掩骼骴，吊琼哀阑干。
>
> ——《寒溪九首》之八

这种凄寒可怕的境界在孟郊以前的诗中十分少见，它是中国诗歌意境的一次开拓，也是诗人审美感受的一次裂变。孟郊诗境的奇

---

1. 赵翼：《瓯北诗话》，《清诗话续编》，上海古籍出版社1983年，第1165页。

险前面多有论述，这里将重点放在分析韩愈的诗境上，韩有时把本来柔美的对象表现得奇险粗豪，这是他笔下的《芍药》——

浩态狂香昔未逢，红灯灼灼绿盘龙。

他笔下的李花就更奇了——

江陵城西二月尾，花不见桃唯见李。风揉雨练雪羞比，波涛翻空杳无涘。君知此处花何似？白花倒烛天夜明，群鸡惊鸣官吏起。金乌海底初飞来，朱辉散射青霞开。迷魂乱眼看不得，照耀万树繁如堆……

——《李花赠张十一署》

孟郊老来"三子不数日辄失之"，韩愈送去《孟东野失子》安慰挚友，这种诗歌按理是深情地抚慰朋友心头的创痛，宜于柔情而不宜于狠重奇险，但韩愈偏要把它写得奇险狠重：先因孟郊丧子而"尤天"，怨老天"与夺一何偏"，"上呼无时闻，滴地泪到泉"，地神知道此事悲恸不已，呼大灵龟骑云去扣天门，质问上天对它的"下人"为何厚薄"不均"，天回答说这不干它的事，"天地人"三者"由来不相关"。诗人这时借老天的口安慰朋友说："有子与无子，祸福未可原"，鱼、蜂的子孙成群结队，但还是谁也不照管谁，接着又列举一系列令人恐怖的形象："鸱枭啄母脑，母死于始蕃；蝮蛇生子

152

时，坼裂肠与肝。"挚友失子居然引发了他这些怪诞阴惨的奇情异想，韩诗追求奇险由此可见一斑了。

三

　　韩孟在尚奇险的共同追求中，各自的诗风又保持了不同的面目。夏敬观的《说孟》甚至认为："孟东野诗，当贞元、元和之间，可谓有一无二者也，世称韩孟，然退之与东野绝不相类。盖皆各树一帜，不为风气所囿，而能开创成家，以左右风气者也。"这种说法固然忽略了二者之同而夸大了二者之异，但韩孟诗歌呈现出不同的艺术个性却是事实，这就像同胞兄弟长得既相像又不相同。不同表现在什么地方呢？欧阳修曾作过这样的辨析："韩孟于文词，两雄力相当。偶以怪自戏，作诗惊有唐。篇章缀谈笑，雷电击幽荒。众鸟谁敢和，鸣凤呼其凰。孟穷苦累累，韩富浩穰穰。穷者啄其精，富者烂文章。发生一为宫，揪敛一为商。二律虽不同，合奏乃锵锵。"[1]孟郊本人对韩孟诗也作过比较："诗骨耸东野，诗涛涌退之。"（《戏赠无本二首》之一）所谓"啄其精""耸诗骨"，是指孟诗奇峭坚瘦、精粹凝炼，而"浩富""涌诗涛"则指韩诗汪洋恣肆、雄拔奇险。

---

1. 欧阳修:《读〈蟠桃诗〉寄子美永叔》,《欧阳永叔集》卷二，上海商务印书馆1936年，第21页。

韩愈为有唐一代文章宗匠，他的散文素以浑浩流转、波澜壮阔见称，他常将这种文笔延伸到诗国的版图，以古文的笔法来写诗。方东树认为韩诗的"章法剪裁，纯以古文之法行之，所以独步千古"[1]。无论抒情还是叙事，韩诗都倾向于淋漓尽致的铺陈，如《此日足可惜一首赠张籍》，这首别诗从与友人结交之初写起，未见面之前已闻其名，到相见的时间、地点，及初次相见的印象和谈话内容，接着历叙前次分手后自己与家人隔绝的心情："我时留妻子，仓卒不及将。相见不复期，零落甘所丁。娇女未绝乳，念之不能忘。忽如在我所，耳若闻啼声。中途安得返，一日不可更。俄有东来说，我家免罹殃。"最后才说到许多友朋云散，而身边唯一的知己张籍又将别去："子又舍我去，我怀焉所穷。"表达自己与友人的依依惜别之情："男儿不再壮，百岁如风狂。高爵尚可求，无为守一乡。"《唐宋诗醇》评此诗说："追溯与籍交结之始，至今日重逢别去。而其中历叙己之崎岖险难，意境纡折，时地分明，摹刻不传之情，并视缕不必详之事，倥偬杂沓，真有波涛夜惊、风雨骤至之势。若后人为之，鲜不失冗散者。尤须玩其通篇章法，搏控操纵，笔力如一发引千钧，庶可神明于规矩之外。"[2]韩愈以文为诗的另一表现是以古文章法写诗。我们来看看他的一首代表作《山石》：

1. 方东树：《昭昧詹言》，人民文学出版社1961年，第232页。
2. 引自钱仲联集释《韩昌黎诗系年集释》，古典文学出版社1957年，第97页。

山石荦确行径微，黄昏到寺蝙蝠飞。升堂坐阶新雨足，芭蕉叶大支子肥。僧言古壁佛画好，以火来照所见稀。铺床拂席置羹饭，疏粝亦足饱我饥。夜深静卧百虫绝，清月出岭光入扉。天明独去无道路，出入高下穷烟霏。山红涧碧纷烂漫，时见松枥皆十围。当流赤足踏涧石，水声激激风吹衣。人生如此自可乐，何必局束为人靰？嗟哉吾党二三子，安得至老不更归。

方东树说：《山石》只是一篇游记，而叙写简妙，犹是古文手笔。"[1]它开始写沿着山石荦确的小径来到山寺时，已是蝙蝠乱飞的黄昏时刻，接下去写在山寺的所见所闻，"僧言古壁佛画好"，寺僧告诉诗人壁上的佛画十分精妙，韩愈下句没有顺着写佛画好在何处，却出其不意地说"以火来照所见稀"，承接之间拗劲而不平直。看了山寺古壁上的佛画以后，僧人用食物来招待诗人，从上句写"铺床拂席置羹饭"的大肆张罗，会猜想和尚一定要拿出精美的素餐，可下句却说"疏粝亦足饱我饥"。查晚晴说这首诗"写景无意不刻，无语不辟；取径无处不断，无意不转"[2]。韩愈在诗中大量运用散文的句法和章法，导致他的诗歌奇险壮阔、波澜迭起。

孟郊虽然也和韩愈一样厌庸弱尚奇险，但他追求奇险的路数与

1. 方东树：《昭昧詹言》卷十一，人民文学出版社1961年，第270页。
2. 引自钱仲联集释《韩昌黎诗系年集释》，古典文学出版社1957年，第148页。

韩不同。他不像韩愈那样把古文的笔法带入诗中，而是固守在诗歌的疆围里翻奇斗巧。他的诗歌不像韩诗那般铺张扬厉，相反，他更多地是略去铺叙与交代，让更突出的特征和印象劈空而来，戛然而止。因此，孟诗虽然奇崛却不恢张，虽然硬挺但不雄豪。

把孟郊与韩愈相同题材的诗作拿来作一比较，也许更有助于认识二者诗风的差异。他们都写过苦寒天气，孟有《苦寒吟》，韩也有《苦寒》，先看孟郊的：

　　天色寒青苍，北风叫枯桑。厚冰无裂文，短日有冷光。
敲石不得火，壮阴正夺阳。调苦竟何言，冻吟成此章。

诗人选取最有特色的意象来描写严寒：青苍的天色、狂哮的北风、铺天盖地的厚冰、冻得阴冷的日光……共同构成一幅阴森酷寒的诗境，苦涩的情调与酷寒的境界十分和谐，把读者引进一个冰天雪地的世界，奇峭、冷峻而又苦涩。韩愈那首《苦寒》的诗笔却没有孟郊这般节制，他洋洋洒洒地写下七十二行。开始说春夏秋冬四时平分，不能让"一气"独霸天下，可是负责冬天的神太贪婪，竟然僭夺了春帝的职权，春帝又纲纪废弛，胆小怕事，以致弄得——

　　凶飙搅宇宙，芒刃甚割砭。日月虽云尊，不能活乌蟾。
羲皇送日出，恇怯频窥觇。炎帝持祝融，呵嘘不相炎。而我当此时，恩光何由沾？肌肤生鳞甲，衣被如刀镰，气塞鼻莫嗅，血冻指不拈。浊醪沸入喉，口角如衔箝。将持匕箸食，触指如排签。侵炉不觉暖，炽炭屡已添。探汤无所益，何况纩与缣。虎豹僵穴中，蛟螭死幽潜。荧惑丧躔次，六龙冰脱髯。芒砀大包内，生类恐尽歼。啾啾窗间雀，不知己微纤，举头仰天鸣，所愿晷刻淹。不如弹射死，却得亲鼎烹……

虎豹冻僵穴中，蛟龙冻死水底，六龙冻掉了胡须，太阳冻得不敢出门，窗间的小雀冻得希望能被射死，好去被人用火烤汤煮……一串串奇思异想络绎而来，比孟的《苦寒吟》恢奇恣肆。不过，韩的《苦寒》虽罗列了许多意象，却没有创造出孟郊的《苦寒吟》那种鲜明和谐的诗境。韩诗好像更富才气，孟诗反而更耐人咀嚼。

韩孟各有一首写终南山的山水诗。孟郊的《游终南山》一下笔就说："南山塞天地，日月石上生。"沈德潜称这两句为"盘空出险语"[1]，上句言终南山的辽阔旷远，把天地之间塞得满满的，下句说终南山高耸入云，日月像是从它的石缝里长出来的。这与其说是客观描摹终南山的雄奇，不如说是写自己对终南山的主观感受，全诗仅十句，诗人不屑于对终南山描头画脚，将笔墨集中在最突出的特征和最奇特的感受上，险语盘空，瘦硬奇险。韩愈《南山诗》的写法却截然不同，从主体山脉到山麓四周，从春夏到秋冬的景物变化，

1. 沈德潜：《唐诗别裁集》，中华书局1975年影印本，第64页。

从远望到亲临，从泛泛点染到重点描绘，诗人倾箱倒柜地铺张驰骤，穷形尽相地描写形容，中间五十一个"或"字领头的比喻连贯而下：

> 或连若相从，或蹙若相斗。或妥若弭伏，或竦若惊雊，或散若瓦解，或赴若辐辏。或翩若船游，或决若马骤。或背若相恶，或向若相佑。或乱若抽笋，或嵲若炷灸。或错若绘画，或缭若篆籀。或罗若星离，或蓊若云逗。或浮若波涛，或碎若锄耨……

接下来又连用十四个叠字句：

> 延延离又属，决决叛还遘。哩哩鱼闯萍，落落月经宿。阛阛树墙垣，嶔嶔架库厩。参参削剑戟，焕焕衔莹琇。敷敷花披萼，阘阘屋摧霤。悠悠舒而安，兀兀狂以狃。超超出犹奔，蠢蠢骇不懋……

此诗用笔虽奇，雕镂虽工，气势虽壮，但前人早已指出它陈词繁富却失之芜杂，极尽铺叙却近于冗散。将终南山的东南西北和春夏秋冬都写尽了，然而仍没有构成统一的诗境；奇字险韵间见层出，可给人的感受是诗人在搜肠刮肚地逞才炫技，一向崇拜韩愈的姚范这次也不想为《南山诗》护短，说这首诗"才力小者固不能，然不如东野仅十句，却奇出意表耳”[1]。一向对孟郊没有什么好感的洪亮吉这次也左袒孟郊：“昌黎《南山诗》，可云奇警极矣，而东野以二语敌之曰‘南山塞天地，日月石上生’，宜昌黎一生低首也。”[2]

韩愈的诗笔擅长纵横驰骋，加之他本人学富才雄，因而易于写出煌煌大篇。《元和圣德诗》规模《雅》《颂》，古雅而奥峭；《石鼓歌》字句铿锵，雍容而典重；《谒衡岳庙遂宿岳寺题门楼》高心劲气，刚健而雄奇。孟郊似乎缺乏韩愈那种恢弘的气度和放纵的才情，诗集中压根儿见不到这样的长篇大作，相比之下显得狭小而局促。这样，历史上便出现了韩孟诗才大小的争论。有人认为韩孟“两雄力相当”（梅尧臣，见前），“二人才力相等”（见前），“韩孟云龙上下”[3]，但多数人认为孟不及韩豪壮，苏轼就直捷了当地说孟郊“要当斗僧清，未足当韩豪”[4]，“孟东野奇杰之笔万不及韩”[5]。

不过，如果我们翻一翻韩孟二人的联句诗，诸如《秋雨联句》《纳凉联句》《城南联句》等，二人的确棋逢对手，各不相让，彼此的诗才旗鼓相当，难分高下。由于联句中诗风浩荡雄奇，有异于孟郊平时所作，有人就认为这是孟郊受了韩愈的影响，有人又认为孟

1. 姚范：《援鹑堂笔记》卷四十一，引自吴文治编《韩愈资料汇编》第三册，中华书局1964年，第1165页。
2. 洪亮吉：《北江诗话》卷四，人民文学出版社1983年，第102页。
3. 钱锺书：《谈艺录》，香港国光书局1979年，第201页。
4. 苏轼：《读孟郊诗二首》之一，《苏轼诗集》，中华书局1982年，第797页。
5. 施补华：《岘佣说诗》，《清诗话》，上海古籍出版社1978年，第983页。

郊的那部分经过了韩愈的加工润色,《中山诗话》载:"东野与退之联句,宏壮博辩,若不出一手,王深父云:'退之容有润色也。'"[1] 甚至有人认为韩孟联句是韩一人代写的:"退之与孟郊联句,前辈谓皆退之粉饰,恐皆出退之,不特粉饰也。"[2] 黄庭坚和朱熹对此早有辩说,吕本中的《童蒙诗训》载:"徐师川问山谷云:'人言退之、东野联句,大胜东野平日所作,恐是退之有所润色。'山谷云:'退之安能润色东野,若东野润色退之,即有此理。'"[3] 朱熹在《韩文考异》中也说:"韩诗平易,孟郊吃了饱饭,思量到人不到处,联句中被牵扯得亦着如此做。"[4] 韩愈与孟郊联句"必字字争胜,不肯稍让,与他人联句,则平易近人"[5]。韩孟联句不只比孟郊自作诗歌奇纵,较之韩愈自作诗歌也更加恢奇,清方世举敏锐地看到了这一点:"韩、孟才力不相上下,而诗趣各不同,观其平生所作,皆与联句小异。唯因二人相合,乃争奇至此,则其交济之美,相互追逐者。"[6] 近人程学恂也认为:"二人联句,较其自作,又各纵横怪变,相得之兴,却有此理。"[7]

---

1. 刘攽:《中山诗话》,《历代诗话》, 中华书局1981年, 第288页。
2. 李翱:《猗觉寮杂记》,引自钱仲联集释《韩昌黎诗系年集释》,古典文学出版社1957年,第55页。
3. 吕本中:《童蒙诗训》,引自钱仲联集释《韩昌黎诗系年集释》,第54—55页。
4. 朱熹:《韩文考异》,引自钱仲联集释《韩昌黎诗系年集释》,第54页。
5. 赵翼:《瓯北诗话》卷三,《清诗话续编》,上海古籍出版社1983年,第1165页。
6. 引自钱仲联集释《韩昌黎诗系年集释》,第524页。
7. 引自钱仲联集释《韩昌黎诗系年集释》,第524页。

可见，孟诗不如韩诗那么放纵雄阔，不能解释为孟缺乏韩的宏富之才，由于二人审美趣味的差异，韩以雄富奇伟取胜，孟则以奇峭简素擅长。孟很少写韩那种硕硕大篇，韩的古体短制也难于和孟争胜。韩孟二人都有同题组诗《秋怀》。方东树认为韩的《秋怀》诗代表了他短诗的最高水平，孟郊的《秋怀》也是世所公认的杰作，这里不妨把各自内容相近的第二首抄在下面，看谁的更耐人回味：

　　秋月颜色冰，老客志气单。冷露滴梦破，峭风梳骨寒。席上印病文，肠中转愁盘。疑怀无所凭，虚听多无端。梧桐枯峥嵘，声响如衰弹。

——孟郊《秋怀十五》之二

　　白露下百草，萧兰共雕悴。青青四墙下，已复生满地。寒蝉暂寂寞，蟋蟀鸣自恣。运行无穷期，禀受气苦异。适时各得所，松柏不必贵。

——韩愈《秋怀十一》之二

连清代偏嗜韩诗的方世举也说："昌黎短篇，以此十一首为最。……孟郊《秋怀》十六首（当为十五首——引者注），与此勍敌，且有过之而无不及"。[1]

韩孟诗风的同中有异，使后来以他们二人命名的诗派的诗歌创作既有鲜明的流派风格，又呈现出丰富多彩的艺术形态。就韩孟现存的诗歌来看，一个雄豪，一个劲挺；一个铺张，一个凝炼，各有其至处和不足，无论是扬韩抑孟还是扬孟抑韩，都不符合二人的本意。他们生前互相推服敬重，又互相激励和影响，在他们周围团结了一大批富有才气且趣味相投的诗人，推动了唐代诗歌的创新与发展，在盛唐之后为诗歌的发展闯出了新路。韩愈曾把自己和孟郊同李杜相比并（见前引《醉留东野》），又把他们二人喻为相互唱和的双鸟：

　　两鸟各闭口，万象衔口头。春风卷地起，百鸟皆飘浮。两鸟忽相逢，百日鸣不休。有耳聒皆聋，有舌反自羞。百舌旧饶声，从此恒低头，得病不呻唤，泯默至死休。雷公告天公，百物须膏油。自从两鸟鸣，聒乱雷声收。鬼神怕嘲咏，造化皆停留。

——《双鸟诗》

这与欧阳修所说的意思正好相同："韩孟于文词，两雄力相当。

---

1. 引自钱仲联集释《韩昌黎诗系年集释》，古典文学出版社1957年，第561—562页。

偶以怪自戏，作诗惊有唐。篇章缀谈笑，雷电击幽荒。众鸟谁敢和，鸣凤呼其凰。……"[1]，韩孟诗歌不仅对"幽荒"的诗坛是有力的冲击，在当时的诗人（"百鸟"）中引起了普遍的震惊，而且给后代的诗歌创作积累了宝贵的艺术经验，为今后的诗歌发展和变革提供了有益的启示。

1. 欧阳修：《读〈蟠桃诗〉寄子美永叔》,《欧阳永叔集》卷二，上海商务印书馆 1936年，第21页。

第七章

"出门即有碍，谁谓天地宽"

——论孟郊的言贫诗

狭义的言贫诗是指哀叹自身饥寒的诗歌，而广义的言贫诗则包括抒发生活贫穷、仕途偃蹇和精神苦闷的诗作，它的外延较狭义的言贫诗要广得多，我们这里所论述的言贫诗是就其广义而言的。

孟郊诗歌的内容很丰富，有正面对不义战争的谴责，对上层权贵的指斥，有对人民苦难的深切同情，对这些诗歌人们已作出了大胆的肯定和热情的赞扬，这些内容后文还将提到，这里重点讨论的是他诗集中占很大比重的言贫诗。他的这些言贫诗在唐以后一千多年的封建社会中遭到了不少非难，从苏东坡的毁誉参半到元好问的全盘否定，可以说，金元论家对他言贫诗的非难达到了高潮。南宋哲学家叶适指责"郊寒苦孤特，自鸣其私，刻深刺骨，何以继古人之统"[1]，元好问在他的《论诗绝句三十首》中挖苦说："东野穷愁死不休，高天厚地一诗囚。江山万古潮阳笔，合在元龙百尺楼。"[2]孟郊生前的不幸使他产生了大量的言贫诗，生后又不幸因这些言贫诗受到"诗囚"的讥诮。到了明清特别是清代，不少人不满意苏、元对孟郊的讥评而开始为孟郊叫屈，但他们都只是停留在孟郊言贫诗感情真切和诗可以言贫之类的论述上。解放后，古典文学研究工作者才注意到了他言贫诗中所包含的社会内容，真正给他的言贫诗"恢复名誉"。这些观点归纳起来有两个方面：一是如华忱之指出，孟郊言贫诗"所描绘的虽然只是个人的穷苦遭遇，但实际上，也正反映了封建社会无数的文人们共同的悲惨生活和苦闷心情"[3]。持这种意见的还有社科院的《中国文学史》[4]。二是游国恩等编写的《中国文学史》肯定了孟郊言贫诗"所写的虽是他个人的生活境遇，但仔细体会，仍然可以看出其中的生活体验和他那些反映人民疾苦的诗有相通的地方"[5]。我们认为这两个方面对孟郊言贫诗的理解比过去诚然大大深化了，但对他言贫诗的历史意义和认识价值仍然没有作出应有的评价。何况以上两个方面的论者都没有就各自的论点展

---

1. 叶适：《习学记言》，中华书局1977年，第701页。
2. 元好问：《论诗绝句三十首》，引自郭绍虞主编《中国历代文论选》第二册，上海古籍出版社1979年，第450页。
3. 参见华忱之校点《孟东野诗集·前言》，人民文学出版社1959年。
4. 参见中国社会科学院文学研究所编《中国文学史》第二册有关孟郊的章节，人民文学出版社1962年版。
5. 游国恩等编：《中国文学史》第二册，人民文学出版社1963年，第162页。

开论述，尤其是对孟郊的言贫诗与他那些反映人民疾苦的诗篇相通在什么地方，没有作出令人信服的分析。现在拟从他言贫诗中透露出的致贫之因、它与时代的联系和它的内容特点三个方面，围绕他言贫诗的思想意义和认识价值阐述一下个人肤浅的认识。

一

像孟郊这样出身于中小地主阶层的士人，从小耳濡目染的就是儒家经典和诗赋文辞，长大后走科举应试的道路，以登科作为进身之阶，有理想的借以实现其平生的志愿，庸碌之辈也从此有了荣亲耀祖和剥削人民的资本。他们在人生选择上一般都鄙弃务农和经商，同时也没有务农和经商的本事。孟郊也是走的他所属的那个阶级的士子认为的正统道路——科举应试。因为他出身低微，没有得力人的引荐，在中唐乌烟瘴气的所谓"笔战"中多次失利，弄得他几乎到了绝望的境地：

> 三十年来命，唯藏一卦中。题词怨问易，问易蒙复蒙。
> 本望文字达，今因文字穷。影孤别离月，衣破道路风。归
> 去不自息，耕耘成楚农。
>
> ——《叹命》

当时的社会环境和他的阶级地位使他不可能真的"耕耘成楚农",他仍然孤注一掷地硬着头皮再次应试,最后一次算是得遂其愿,《登科后》就是他中第后真实情绪的表露:

昔日龌龊不足夸,今朝放荡思无涯。春风得意马蹄疾,一日看遍长安花。

如果把这作为他多次应试不第的积怨的一种发泄而不去过分挑剔,他这首诗中的心情我们是完全可以理解的。不过,这首诗也表明他对当时的官场还没有切身体验和深入认识,后来他多难的生活道路已经证明,那种认为只要一朝登科将来就一定"春风得意"的想法未免乐观得太早。和他的初衷相反,他的登科及第不仅不是他"昔日龌龊"日子的终结,倒恰恰是他人生真正悲剧的开场。

《唐才子传》说他"拙于生事,一贫彻骨,裘褐悬结,未尝俯眉为可怜之色"[1]。对于封建社会里士人"拙于生事"的合理理解应是:不会巴结权贵与结党营私。登科后并不是马上可以得官的,进士还得等待吏部的铨选。在这候官补缺的期间,向达官显宦投诗献赋和为他们歌功颂德,甚至向他们卖身投靠以结成死党,是早得官和得高官的必要手段。可是孟郊到老还认为:

---

1. 辛文房:《唐才子传》,黑龙江人民出版社1986年,第101页。

夜镜不照物，朝光何时升，黯然秋思来，走入志士膺。志士惜时逝，一宵三四兴。清汉徒自朗，浊河终无澄。旧爱忽已远，新愁坐相陵。君其隐壮怀，我亦逃名称。古人贵从晦，君子忌党朋。倾败生所竞，保全归憹憹。浮云何当来，潜虬会飞腾。

——《寄张籍》

他要作"贵从晦"、"忌党朋"、不卖身投靠的君子，自然就不能在有权势的上层社会中找到自己的靠山，这位有志的"潜虬"当然也就永远不会"飞腾"起来。登科后等了五年才得到了远离京城的一个县尉的职务。当然做了县尉后加官晋级的机会还多的是，关键是要肯出卖良心去与权贵同流合污，而且还要善于钻营和玩弄权术。就是敢于仗义执言的韩愈，在贞元十九年京畿几月不雨的大旱年头，一面客观地向皇帝反映"至闻有弃子逐妻，以求口食；拆屋伐树，以纳税钱。寒馁道涂，毙踣沟壑。有者皆已输纳，无者徒被追征"[1]的惨景，一面又去阿谀当时的京兆尹李实说："今年以来，不雨者百有余日，种不入土，野无青草，而盗贼不敢起，谷价不敢贵。百坊百二十司六军二十四县之人，皆若阁下亲临其家，老奸宿贼销缩摧沮，魂亡魄丧，影灭迹绝。非阁下条理镇服，布宣天子威德，其何

---

1. 韩愈:《御史台上论天旱人饥状》,《昌黎先生集》卷三十七,《四部备要》本,上海中华书局，第320页。

能及此。"还说自己来京"于今十五年……未见有赤心事上，忧国如家，如阁下者"[1]！李实是一个为德宗宠爱的凶残官吏，韩愈在《顺宗实录》中记载，在这年的大旱中"实不行用诏书，征之如初。勇于杀害，人吏不聊生。"背后及事后铁面无私地谴责，当面却昧着良心去吹捧奉承，这就是孟郊那个时代的求官之道。全面衡量韩愈一生，还要算是个比较正直的士人，他这样做在很大程度上不能归结为他品质的败坏，而是社会势力逼得他要想求官做就非如此不可。孟郊孤直的个性和他洁身自好、抗世矫俗的操守，使他不忍这样地巴结和钻营，用他自己的话来说就是：

　　万俗皆走圆，一身犹学方。

——《上达奚舍人》

　　宁全君子拙，耻学小人明。

——《西斋养病夜怀多感因呈上从叔子云》

　　对于孟郊，韩愈爱其才更敬其德，他曾自惭地说："东野不得官，白首夸龙钟；韩子稍奸黠，自惭青蒿倚长松。"[2]孟郊在《答郭郎中》

1. 韩愈：《上李尚书书》，《昌黎先生集》卷十五，《四部备要》本，上海中华书局，第170页。
2. 韩愈：《醉留东野》，《韩昌黎诗系年集释》，古典文学出版社1957年，第58—59页。

一诗中说：

> 松柏死不变，千年色青青。志士贫更坚，守道无异营。
>
> 每弹潇湘瑟，独抱风波声。中有失意吟，知者泪满缨。何
>
> 以报知者，永存坚与贞。

他立志要实现"为君射牛斗"的大志，又发誓做人要"永存坚与贞"，不愿意失去自己的贞操以谄媚上层权贵，这就注定了他终身受穷、烦恼和抑郁的命运。而且，他踏入仕途时所抱的为官之道就已决定了他仕途多舛的命运。当独孤郁行将上任作官时他对独孤所说的两段话完全能代表他为官的宗旨："是役也（役，此处指游宦、作官——引者注），为身之役欤？为人之役欤？"又说"君子之仕行其义也"[1]，他在《送孟寂赴举》时也说："浮俗官是贵，君子道所珍。"从其一生的思想倾向来看，他诗文中所谓为官的"道"与"义"是指儒家的道义，也就是孟子所强调的"达则兼济天下"的为官之道。孟郊主张为官不要为自己一身而要为他人，特别是要为那些"萧条久"的人民（见《严河南》）。他这种思想是为时俗所不容的。当时的官吏只有拼命搜括百姓来向上层统治者献媚，才能既不断"荣升"又能中饱私囊。当时畅通无阻的为官之道就是"为己"。比孟郊稍早

---

1. 引自独孤郁《答孟郊论仕进书》，《全唐文》卷六八三，中华书局1983年，第6988页。

的元结在其《春陵行》中就深刻地反映了当官是为民还是谄上的矛盾（谄上也就是变相的为己）。到孟郊时这种矛盾变得更为尖锐。所以孟郊的为官以行道和为民，与当时上层社会的为官之道绝然相背。并且，他对当时官场那种森严的等级和腐败的现状又极为反感。《溧阳秋霁》说："晚雨晓犹在，萧寥激前阶。星星满衰鬓，耿耿入秋怀。旧识半零落，前心骤相乖。饱泉亦恐醉，惕宦肃如斋。上客处华池，下寮宅枯崖。叩高占生物，龃龉回难谐。"他为官之旨与上层社会存在着尖锐的矛盾，腐败无聊的官场生活又使他厌恶，这种种原因使他在官场中感到"龃龉难谐"，他其时心情的苦闷是可想而知的。陆龟蒙《书李贺小传后》记载说：溧阳"县南五里有投金濑。……东野得之忘归。或比日，或间日，乘驴领小吏经蓦投金渚一往……苦吟到日西而还。尔后衮衮去，曹务多驰废，令季操卞急，不佳东野之为。立白府上，请以假尉代东野，分其俸以给之，东野竟以穷去"。[1]他用到渚边行吟的办法来排遣自己的烦闷，打发无聊的官场生涯，直至最后被排挤出腐败的官场。如果说他在求官时是"宦途事非远，拙者取自疏"（《初于洛中选》)，也即不善或不肯钻营而迟迟不得官的话，那么，当做了溧阳尉时宦途已成为现实的情况下而被逐出了官场，则是由于他洁身自好、讲求气节和不懂官场游戏规则的必然结果。

1. 陆龟蒙：《书李贺小传后》，《甫里先生文集》卷十八，《四部丛刊》初编本，上海商务印书馆，第149页。

可见，当时整个官僚社会是一个污浊的染缸。要想挤身于这个社会并在这个社会站稳脚跟和不断升迁，就得改变自己的操守而与这个社会同流合污；要想保持自己的本色而不奴颜婢膝，就难于挤进这个社会或挤进了也要被逐出来，落得的下场是潦倒和穷困。与孟郊同时的诗人元稹就属于前一种人。他早年刚正不阿，疾恶如仇，与白居易一起用新乐府抨击时政，后来遭到宦官的侮辱和几次贬斥，终于出卖了自己灵魂去勾结和谄附宦官，遂得官至宰相。孟郊就属后一种人，《遣兴》说："弦贞五条音，松直百尺心。贞弦含古风，直松凌高岑。浮声与狂葩，胡为欲相侵。"在出卖良心以求荣华富贵或坚持操守而自甘贫穷之间，他选择了后者，他在《答姚怤见寄》一诗中表白自己的心迹说："日月不同光，昼夜各有宜。贤哲不苟合，出处亦待时。"他这位官场上"不苟合"的"贤哲"，自然永远也不曾有过元稹"今日俸钱过十万"的奢望。他在《罪松》一诗中说：

> 虽为青松姿，霜风何所宜。二月天下树，绿于青松枝。勿为贤者喻，勿为愚者规。伊吕代封爵，夷齐终身饥。彼曲既在斯，我正实在兹。泾流合渭流，清浊各自持。天令设四时，荣衰有常期。荣合随时荣，衰合随时衰。天令既不从，甚不敬天时。松乃不臣木，青青独何为？

这完全是愤激的反语。孤傲不驯不随流俗的青松，不像其他野草随时变化、荣衰听天，它不敬天时也不从天命，自然要遭致不少物议和围攻，自然得不到上天的青睐，诗中的青松就是诗人自己的影子，这株封建官场的"不臣木"，尽管"青青"仍然无所作为。

孟郊的悲剧是：他有积极入世的强烈愿望，又有孤直不驯、不降其志的操守，加之他又厌恶官场的奸诈腐败，这就使他想入世而不能，有报国为民之志而没有用武之地。他的贫穷、坎坷、苦闷都能从这里找到根源。没有做官又不能务农和经商，他就只好忍饿挨冻，一生贫困，只得寄食于自己憎恶的上层社会，这致使他的精神长期处于郁闷、窒息之中。他贫困、坎坷的悲剧意义就在于：它使人们认识到，孟郊那时的统治阶层已经腐朽到了这样的程度，以至于容不下哪怕是同一阶级中的正直和善良之士。一切坚贞的操守、不苟同流俗的气节、疾恶如仇的精神都不为统治阶层所容，只有卖身投靠才会加官晋爵，正直不阿就只好贫苦终身了。

二

弄清了导致孟郊贫困、坎坷、抑郁的悲剧的原因及这种悲剧的社会意义后，我们就要开始从他的言贫诗与社会、人民的关系中分析它的历史的认识价值。

他有一首《访疾》说："冷气入疮痛，夜来痛如何，疮从公怒生，岂以私恨多？"的确，他有很多写愁怨、苦闷的诗，其愁怨并不是由于个人不幸而是因为社会的战乱和人民的疾苦。如：

杀气不在边，凛然中国秋。道险不在山，平地有摧舟。
河南又起兵，清浊俱锁流。岂唯私客艰，拥滞官行舟。况
余隔晨昏，去家成阻修。忽然两鬓雪，固是一日愁。独寝
夜难晓，起视星汉浮。凉风荡天地，日夕声飕飕。万物无
少色，兆人皆老忧。长策苟未立，丈夫诚可羞，灵响复何
事，剑鸣思戮仇。

——《杀气不在边》

　　诗人为藩镇叛乱愁得彻夜难眠以致两鬓成霜。像这样的诗是写
诗人自己的愁绪，也是直接对当时现实的反映，因为它融进了诗人
自己深厚的情感体验，所以写得十分真切而深至。孟郊这类诗歌中
所抒写的苦闷烦忧是由于"公怒"而非"私恨"，它们的认识价值和
思想意义十分明显，本文不再在这类诗上啰唆费辞。难于说明的是
他那些表面直接倾诉自己的悲哀的诗歌。与上面那类诗不同，它们
与时代和人民的关系并不直接、明显。因此，它们的认识价值和思
想意义常被忽略以致误解，或者只是被抽象肯定而得不到入情入理
的说明。他这类诗的社会内容的深广程度各有不同。现在分两部分
来论述。

　　首先，我们在他言贫诗中看到一个失意潦倒的抒情主人公的形
象，从他为实现自己的理想拼命奋斗，到因客观的重重阻挠而壮志
成空，直至精神苦闷、忧伤。先看看他的《赠李观》(题下自注："观
初登第")：

谁言形影亲，灯灭影去身。谁言鱼水欢，水竭鱼枯鳞。昔为同恨客，今为独笑人。舍予在泥辙，飘迹上云津。卧木易成蠹，弃花难再春。何言对芳景，愁望极萧晨。埋剑谁识气，匣弦日生尘。愿君语高风，为余开苍旻。

要实现自己的理想在当时只有走上政治舞台，对孟郊来说走上政治舞台的唯一道路就是应试。他为自己这把被尘埋的"龙泉剑"无人能够赏识（事实是人们视而不见）而万分痛苦。他这种痛苦在当时的中小地主阶级士人中是具有普遍性的，这一阶层的青壮年士子有学问、有志向、有作为，就是没有人为他们提供活动的舞台，因此，孟郊的"埋剑谁识气"的痛苦是他们共同的悲痛。

孟郊这把"埋剑"到底是久被尘埋了，他那"长策苟未立，丈夫诚可羞"的"长策"到老还只是他主观意识中的"长策"，到了他"病骨可剸物"的行将就木的风烛残年仍没有能变成现实。下面是他《秋怀十五首》中的两首，表现了诗人内心的悲凉：

孤骨夜难卧，吟虫相唧唧。老泣无涕洟，秋露为滴沥。去壮暂如剪，来衰纷似织。触绪无新心，丛悲有余忆。讵忍逐南帆，江山践往昔。

——之一

老病多异虑，朝夕非一心。商虫哭衰运，繁响不可寻。

秋草瘦如发，贞芳缀疏金。晚鲜讵几时，驰景还易阴。弱
习徒自耻，暮知欲何任。露才一见诮，潜智早已深。防深
不防露，此意古所箴。

——之七

　　《唐宋诗醇》说韩愈的《秋怀》诗"抑塞磊落，所谓'寒士失职
而志不平'者，昔人谓东野诗读之令人不欢，观昌黎此等作，真乃
异曲同工，固宜有臭味之合也"[1]。孟郊这位"朝思除国仇，暮思除
国仇。计尽山河画，意穷草木筹"(《百忧》)的士子，由于险恶的环
境竟虚掷了一生的光阴，这些诗倾吐的是老年回首往事时那种转瞬
头白而壮志成空的沉哀。这正是曹丕所说的"斯志士之大痛也"。我
国的封建社会是一个扼杀志士埋没人才的社会，在这个漫长的社会
里有不少像孟郊这样的士人白首无成，他们也只有像孟郊那样在衰
朽之年含泪悲吟，孟郊用生动的诗句准确真切地表达了他们共同的
情怀。

　　孟郊这样的士人被统治阶级的上层抛弃就失去了任何生活来
源，他仅有的求生手段就是写诗，而当时的诗除了献给贵人邀宠外，
它在民间虽然能获得人民的喜爱传诵，可并没有固定的稿酬。"文章
虽满腹，不值一囊钱"是封建社会的残酷现实。

　　他青壮年时代为实现理想的悲号，老年因壮志付诸东流的沉

---

1. 引自钱仲联集释《韩昌黎诗系年集释》，古典文学出版社1957年，第562页。

哀，到晚年被弃的巨大悲痛，在封建社会的中下层有志之士中很有代表性，能够引起广泛的同情和共鸣。所以，他这类言愁、言悲的诗失去了个人呻吟的狭隘性质，成了封建社会中广大被压抑和埋没的志士的共同倾诉。就是旷达豪放如苏东坡者虽然说过"我憎孟郊诗"，但现实的逼迫和政治陷害使他自己也不得不"复作孟郊语"，并说孟诗是"诗从肺腑出，出辄愁肺腑"[1]。不仅苏东坡如此，可以说孟郊这类言贫诗能在所有的失志潦倒的优秀人物中找到知音。

　　除了写自己不得志的悲哀以外，他还有一部分言贫诗是写自己的穷困不幸的，由于这部分言贫诗看来似乎不涉及国家、社会和人民，因而最容易被说成是"自鸣其私"。我们认为，一首诗是否具有社会内容，是否抒发了人民的心声，不决定于诗中是否直接写了人民和社会，而决定于诗中诗人的思想情感是否与时代、人民一致。如果诗人用人民的感情去感受、去抒写，在他所写的任何题材上都能浸透人民的情感。普希金的《欧根·奥涅金》描写的是两个贵族青年男女，别林斯基却称它为"至高无上的人民性的作品"[2]，正因为它是普希金用人民感情的浆液来写的，孟郊这类言贫诗同样具有深广的社会内涵。当然我们并不是说孟郊的一切感情都与下层人民没有质和量的区别。他的感情带有他所属的那个阶级的烙印是可以

----

1. 苏轼：《读孟郊诗二首》之二，《苏轼诗集》，中华书局1982年，第797页。
2. 别林斯基：《论普希金的〈欧根·奥尼金〉》，上海泥土社1953年，第165页。

理解的，特别是当他在人生的道路上处于顺境时这种烙印就更明显。如《初于洛中选》：

> 尘土日易没，驱驰力无余。青云不我与，白首方选书。
> 宦途事非远，拙者取自疏。终然恋皇邑，誓以结吾庐。帝
> 城富高门，京路饶胜居。碧水走龙状，蜿蜒绕庭除。寻常
> 异方客，过此亦踟蹰。

此诗充分暴露了他庸俗落后的一面，"皇邑"的"高门""胜居""碧水"使他流连忘返，他这位"寻常"的"异方客"对此"踟蹰"不已，产生了要挤进胜居、攀上朱门和结庐皇邑的念头。

那么，刚才所说孟郊这部分言贫诗与时代和人民怎么相通的呢？这是因为：一、客观的社会原因和他主观因素相互作用的结果，使他在跻身于上层社会与洁身自好不可兼得时选择了后者。后者艰苦的生活又使他的感情不断发生变化并日益和下层人民接近。苦难玉成了他，今天看来真是不幸中之大幸。二、他在哀叹自己的贫困和不幸时，完全是作为一个饥者、寒者和不幸者来倾诉的，是作为一个饥者感受饥饿，作为冻者来感受严寒，作为一个不幸者来感受挫折的，这些诗中的感受和下层人民对饥寒和不幸的感受也就没有什么本质的区别了，如：

> 借车载家具，家具少于车。借者莫弹指，贫穷何足嗟？

百年徒役走，万事尽随花。

——《借车》

　　青山白屋有仁人，赠炭价重双乌银。驱却坐上千重寒，
烧出炉中一片春。吹霞弄日光不定，暖得曲身成直身。

——《答友人赠炭》

　　欧阳修在《六一诗话》中说："孟郊以诗穷至死，孟有《移居诗》
云：'借车载家具，家具少于车。'乃是都无一物耳。又《谢人惠炭》
云：'暖得曲身成直身'，人谓非其身备尝之不能道此句也。"[1]是因
为他自己饱受了饥寒、贫困的折磨，这些有真实生活体验的诗篇与
那些饱食终日者的无病呻吟不同，它道出了无数下层劳动人民共
同的心声，人民自然就能把诗人这种沉重的叹息引为同调，又如
《卧病》：

　　贫病诚可羞，故床无新裘。春色烧肌肤，时餐苦咽喉。
倦寝意蒙昧，强言声幽柔。承颜自俯仰，有泪不敢流。默
默寸心中，朝愁续暮愁。

　　贫病在那个时代的下层人民中是一种极常见的事情，在贫病打

---

1. 欧阳修：《六一诗话》,《历代诗话》，中华书局1981年，第266—267页。

击下的人民也如孟郊一样"有泪不敢流""朝愁续暮愁"。孟郊的一生悲痂百结、祸不单行，老年丧子更给他精神以致命的打击：

地上空拾星，枝上不见花。哀哀孤老人，戚戚无子家。岂若没水凫，不如舍巢鸦。浪毂破便惊，飞雏袅相夸。芳婴不复生，向物空悲嗟。

——《杏殇九首》之二

此儿自见灾，花发多不谐。穷老收碎心，永夜抱破怀。声死更何言，意死不必喈。病叟无子孙，独立犹束柴。

——《杏殇九首》之八

对孟郊来说丧子这偶然的现象中潜藏着某种必然性，因为在封建社会贫病者自身性命就毫无保障，更不要说孩子的生活条件和医疗条件了，劳动人民子女的中途夭折更是司空见惯的常事，所以，孟郊"哀哀孤老人，戚戚无子家"的哀叹和"病叟无子孙，独立犹束柴"的可悲形象更能激起劳动人民情感的共鸣和震颤，以致出现了"但是洛阳城里客，家传一首《杏殇》诗"的情形[1]。

在"豺狼日已多，草木日以霜。饥年无遗粟，众马去空场"（《感

---

1. 王建：《哭孟郊诗》，引自华忱之校订《孟东野诗集》附录，人民文学出版社1959年，第278页。

怀八首》之二）的年代，他客观上和人民一起分担了时代的悲惨命运，他个人的贫困不幸和整个时代的不幸、人民的不幸是一致的。因此，他对自己不幸的倾吐就超出了个人不幸、失意的呻吟，而具有相当深广的社会内容。对生活必需品的渴求、对疾病无钱医治的痛苦是人民共同关心的。正由于他对贫困、灾难的忧虑与人民的在本质上相同，人民就能在他这些个人不幸的倾吐中认识到自己的痛苦与不幸。正是在这个意义上，我们才说他言贫诗中对失意、不幸和贫苦的倾诉与时代、人民的叹息是相通的。

一方面，我们要充分认识到孟郊言贫诗中的悲叹与人民不幸的叹息具有相通的特点；另一方面，我们又不可过分抬高了他这种悲叹的思想意义和认识价值。杜甫也写过不少倾吐自己贫病衰老的诗歌，可只要我们听听杜甫这类诗歌的铿鏘响亮的洪钟之鸣，孟郊这些不幸的低吟微叹就显得十分贫弱了。我们今天部分地肯定他言贫诗的思想和认识价值，是就他诗歌的客观效果而言的，从孟郊这方面来说，他对社会、人生的反映显然缺乏杜甫的那种自觉。历史把杜甫个人的命运与时代、人民的命运结合在一起了，特别是安史之乱后，他一直处在时代急流的旋涡中，所以，他无论是关于时代、人民还是个人情感的抒发都成了时代的最强音，具有史诗的意义。孟郊虽然一生都没有脱离现实，但他从来没有像杜甫那样处在时代急流之中，他个人对社会、人生也缺乏杜甫那种执着的精神，对民族、国家又缺乏杜甫那份牵肠挂肚的热肠，更缺乏杜甫那种海涵地负的博大胸襟，因此，他诗歌中的倾诉缺乏杜甫同类诗歌的历史深度，不可能像杜甫那样成为时代的强音。

三

孟郊言贫诗的思想意义和认识价值还在于：它们本身包含着对权贵腐朽、奸诈、虚伪的憎恶，对于上层社会的愤激与抗争。

胡震亨说："以时事入诗，自杜少陵始；以名场事入诗，自孟东野始。"[1]这些"名场事"大都是在他的言贫诗中抒写的。孟郊并不是名场（即举场）的局外人，而是名场的参与者和多次落第者，名场中的种种争夺、倾轧的丑态都逃不过他的眼睛。他虽说不上是这种倾轧的牺牲品，但至少是某种程度的受害者，所以他写起名场中的这些丑态恶行来就格外愤激和深切，如：

> 拔心草不死，去根柳亦荣。独有失意人，恍然无力行。
> 昔为连理枝，今为断弦声。连理时所重，断弦今所轻。吾欲进孤舟，三峡水不平。吾欲载车马，太行路峥嵘。万物根一气，如何互相倾。
>
> ——《感兴》

---

1. 胡震亨：《唐诗谈丛》卷二，《丛书集成》初编本。

他在名场的互相争夺中没有什么靠山和社会背景，"吾欲进孤舟，三峡水不平"就是写的缺乏天时、地利和人缘的优势。他几次在倾轧竞争中败下阵来是毫不奇怪的。他在《长安旅情》一诗中把自己落第后的压抑、苦闷和落第原因写得更为直露：

尽说青云路，有足皆可至。我马亦四蹄，出门似无地。
玉京十二楼，峨峨倚青翠。下有千朱门，何门荐孤士？

隋唐以科举取士作为对魏晋以来门荫制的一种否定，使一大批才高位下的庶族士子有可能走上政治舞台，具有历史的进步性。但越到后来流弊越多，举场成了拉帮结派、徇私舞弊的场所。"及贞元、元和之际，又益以荐送相高"[1]，诚然有些在社会上具有政治或学术地位的名望之士，他们出于爱惜人才和奖掖后进也参与了对举人的荐送，但在荐送过程中出现更多的情况则是以此来卖身投靠与结党营私，例如，竟然出现了这样的现象：得举者"不以亲，则以势；不以贿，则以交；未必能鸣鼓四科，而裹粮三道，其不得举者，无媒无党，有行有才，处卑位之间，仄陋之下，吞声饮气，何足算哉"[2]。当时的举子也争相"驰驱府市之门，出入王公之第，上启陈

---

1. 王定保：《唐摭言》，古典文学出版社1957年，第14页。
2. 王定保：《唐摭言》，第67页。

诗，惟希咳唾之泽，摩顶至足，冀荷提携之恩"[1]。后来的考试纯属过场，进士的名单在未考时就已安排妥了。《唐摭言》卷六《公荐》条记载了比孟郊晚些的杜牧登科的经过："崔郾侍郎拜命于东都试举人，三署公卿皆祖于长乐传舍，冠盖之盛，罕有加也。时吴武陵任太学博士，策蹇而至。郾闻其来，微讶之，乃离席与言。武陵曰：'侍郎以峻德伟望，为明天子选才俊，武陵敢不薄施尘露！向者，偶见太学生十数辈，扬眉抵掌，读一卷文书，就而观之，乃进士杜牧《阿房赋》。若其人，真王佐才也。侍郎官重，必恐未暇披览。'于是摺笏朗宣一遍。郾大奇之。武陵曰：'请侍郎与状头。'郾曰：'已有人。'曰：'不得已，即第五人。'郾未遑对。武陵曰：'不尔，即请此赋。'郾应声曰：'敬依所教。'既即席，白诸公曰：'适吴太学以第五人见惠。'或曰：'为谁？'曰：'杜牧。'众中有以牧不拘细行间之者。郾曰：'已许吴君矣。牧虽屠沽，不能易也。'"[2]杜牧的才和学都应该登科，但这个事件透露了进士选举中只要有权贵引荐，即使本人是个蠢材也可以安然上第的事实。孟郊的"下有千朱门，何门荐孤士"的确是出身寒微的举子多年积愤的申诉！

在对名场种种丑态十分愤激的同时，他的言贫诗对统治阶级上层的势利和世态的炎凉也表示出极度的轻蔑和厌恶。通过关节得意登科了的人们就奉之为"白衣卿相"而受到尊重，处处见到的是胁

1. 刘昫：《旧唐书·薛登传》，中华书局1975年，第4170页。
2. 王定保：《唐摭言》卷六，古典文学出版社1957年，第63页。

肩谄笑与恭维捧场；落第者则处处遭白眼和嘲笑。孟郊就饱受了这种"失名谁肯访，得意争相亲"的冷暖。他对这种势利的卑鄙行为十分愤慨地说：

常闻贫贱士之常，草木富者莫相笑。男儿得路即荣名，邅迍失途成不调。古人结交而重义，今人结交而重利。劝人一种种桃李，种亦直须遍天地。一生不爱嘱人事，嘱即直须为生死。我亦不羡季伦富，我亦不笑原宪贫。有财有势即相识，无财无势同路人。因知世事只如此，却向东溪卧白云。

——《伤时》

在感叹自己精神上受压抑和摧残的同时，对那些踩着别人的肩膀往上爬的阴险小人进行了谴责："食荠肠亦苦，强歌声无欢。出门即有碍，谁谓天地宽。有碍非遐方，长安大道旁。小人智虑险，平地生太行。……"（《赠崔纯亮》）"长安大道"是当时统治者权势的象征，这里成了阴险小人陷害他人抬高自己的"喧竞场"，它不适宜于孟郊这样孤直、善良者的生存，他在这里感到"出门即有碍"是非常真切可信的。前人对此往往横加指责，说"非世路之窄，心地之窄也。即十字而局天瘠地之形，已毕露纸上矣"[1]。这种指责，无视

---

1. 洪亮吉：《北江诗话》卷四，人民文学出版社1983年，第70页。

当时险恶黑暗的环境，不公正地单方面要求孟郊去忍气吞声，假装旷达。孟郊在诗中表现了一个出身低微而为人正直的士人在当时环境中难于生存的愤怒，表现了对腐朽现实的不满与抗争。如果看不到这一点，反认为他的"出门即有碍"是他心地狭窄的反映，这正像指责垂危的病人不该卧床呻吟一样的不近情理。

孟郊的言贫诗特别可贵的是，表现了一个贫穷的诗人在腐朽的社会环境中傲兀自立、不随流俗的顽强风骨，"我有松月心，俗骋风霜力。贞明既如此，摧折安可得"（《寓言》）！这些掷地有声的诗句表现了他不与黑暗势力妥协的抗争精神。正因为孟郊不辱身、不降志、不阿世、不媚俗的操守，所以，他的言贫诗虽然调子悲苦、寒怆，但从来就不是跪着摇尾低眉的哭诉，而是不平、愤慨的悲歌。

通过以上对导致孟郊贫穷、失志的悲剧的实质，这些言贫诗与时代和人民的关系以及它本身特点的三个方面的剖析，我们有充分的理由得出这样的结论：他的言贫诗是深深植根于当时社会土壤之中的，他个人的痛苦、不幸与时代的痛苦、不幸十分合拍，他那些失志的悲叹能在下层正直的士子中找到知音，他贫穷不幸的呻吟更能引起广泛的社会共鸣，所以，从他这支"尧琯"中吹出的"郁抑谣"（见《晚雪吟》），在很大程度上是时代和人民悲切心声的回响。

第八章

社会的投影与心灵的写真

——论孟郊的山水诗

一

　　陶、谢而后，山水田园逐渐成为诗人们精神的避难所。那些憎恶社会丑恶、冷酷和虚伪的诗人，就到山水田园中去寻找秀美、纯洁、真朴和温暖，于是诗中的山水田园成了社会的否定物，诗人们小心翼翼地剔除掉自然中的荒凉与丑恶，只让人们去领略大漠孤烟的雄浑，去品味小桥流水的精巧，去体验山岚宿雾的空蒙。往往社会越动乱，山水就越安宁；社会越是丑恶，山水就越是美好，诗人们借此来避世或傲世。

　　可是到了孟郊那儿，山水诗中完全找不到飘飞的柳絮与拂水的垂杨了，他像着了魔似的专拣病马、饥鸟、荒城、枯枝、败叶入诗，一向令人心醉的山水诗忽然闯进大量腥秽丑恶的意象，使人读后觉得痛苦甚至恶心，就像吃惯了精致的美食，突然被迫去吃带血腥腐臭味的东西那样难受。不妨先尝一尝他《峡哀十首》之三的滋味：

> 三峡一线天，三峡万绳泉。上反碎日月，下掣狂漪涟。
> 破魄一两点，凝幽数百年。峡晖不停午，峡险多饥涎。树
> 根锁枯棺，直骨袅袅悬。树枝哭霜栖，哀韵香香鲜。逐客
> 零落肠，到此汤火煎。性命如纺绩，道路随索缘。莫泪吊
> 波灵，波灵将闪然。

在这只能见到一线天的三峡，数百年幽暗如长夜，正午的日光也照不进来，峡水像淌着饥涎的凶兽，时刻准备将人吃掉，两面峡石上的树根紧锁枯朽的棺木，树枝上悬挂着死人的白骨，霜风在枝头哀号，江中的波光像鬼眼似的一闪一闪。这种阴森可怖的景象，见了直叫人心惊魄破，避之唯恐不远，更不用说以这儿为心灵的归宿之地了。

和过去的诗人把自然作为社会的否定相反，孟郊将自然作为社会的投影，他笔下的山水阴森可怕，是诗人生活于其中的社会本质的反映。他养成了一腔愤世嫉俗的刚肠，愤世和骂世是他诗中常见的主题，如《择友》说："兽中有人性，形异遭人隔。人中有兽心，几人能真识。古人形似兽，皆有大圣德；今人表似人，兽心安可测。虽笑未必和，虽哭未必戚。面结口头交，肚里生荆棘。"《赠崔纯亮》更是骂世的名篇："食荠肠亦苦，强歌声无欢。出门即有碍，谁谓天

地宽。有碍非遐方，长安大道旁。小人智虑险，平地生太行。"显然，孟郊把对世道险恶的痛苦感受带进了他的山水体验，因而他笔下的山水才那样使人恐怖。他在许多山水诗中，由自然联想到社会，又从社会折回自然，如《寒江吟》：

> 冬至日光白，始知阴气凝。寒江波浪冻，千里无平冰。飞鸟绝高羽，行人皆晏兴。荻州素浩渺，崎岸渐破磳。烟舟忽自阻，风帆不相乘。何况异形体，信任为股肱。涉江莫涉凌，得意须得朋。结交非贤良，谁免生爱憎。冻水有再浪，失飞有载腾。一言纵丑词，万响无善应。取鉴谅不远，江水千万层。何当春风吹，利涉吾道弘。

前半写冬日一到千里寒江便波凝浪冻，天空"飞鸟绝高羽"，江中"风帆不相乘"。下半从寒江冰封后的风帆阻绝，想到社会中人际关系的复杂可怕，并提出"涉江莫涉凌，得意须得朋"的交友之道。有时他把社会的悲剧置入山水之中，看花的时候想到了寡妇的啼哭：

> 三年此村落，春色入心悲。料得一孀妇，经时独泪垂。
>
> ——《看花五首》之五

在红绿秀野的春天的背景下发出"无子老人"的悲叹：

风巢袅袅春鸦鸦，无子老人仰面嗟。柳弓苇箭觑不见，高红远绿劳相遮。

——《济源寒食七首》之一

在"绿水结绿玉，白波生白圭"的"寒溪"插入这样的镜头：

洛阳岸边道，孟氏庄前溪。舟行素冰拆，声作青瑶嘶。绿水结绿玉，白波生白圭。明明宝镜中，物物天照齐。仄步下危曲，攀枯闻孀啼。霜芬稍消歇，凝景微茫齐。痴坐直视听，慧行失踪蹊。岸童斫棘劳，语言多悲凄。

——《寒溪九首》之二

由于他笔下的山水和社会一样险恶，孟郊很少在自然的怀抱中宠辱皆忘、身心陶醉，反倒常常感到极度的紧张和恐惧，如：

赤日千里火，火中行子心。孰不苦焦灼，所行为贫侵。山木岂无凉，猛兽蹲清阴……

——《赠竟陵卢使君虔别》

千里赤日把无论什么东西都烤得能着火，为贫困所迫而赶路的行子焦灼难熬，不仅难以找到解渴的冷水，就是歇凉的清阴也不可得——树下蹲着也在乘凉的猛兽。他的《京山行》写的不是自己的游兴，而是自己在京山的一次叫人心惊肉跳的遭遇：

众虻聚病马，流血不得行。后路起夜色，前山闻虎声。

此时游子心，百尺风中旌。

胯下的马病得东倒西歪，许多蚊虻围着它叮咬吸血，这时夜色好像从背后追了上来，前山老虎又在咆哮，全没有游山那种悠闲的雅兴，而是进退不得的恐怖和无奈。

李白也写过一些山水险恶的诗篇，如《横江词六首》之一："人道横江好，侬道横江恶。一风三日吹倒山，白浪高于瓦官阁。"还有那首著名的《蜀道难》夸张地描写蜀道的险峻："上有六龙回日之高标，下有冲波逆折之四川。黄鹤之飞尚不得过，猿猱欲度愁攀援。"畏途危崖、悲鸟哀号、枯松倒挂、豺狼横行、猛兽出没，初看似与孟郊的许多山水诗相似，但抒情主体各自对山水的情感体验完全不同：李白通过对险山恶水的描绘，借以表现自己征服自然的强大精神力量，抒发自己不为险恶所屈的豪迈气概；而孟郊以枯骨、朽棺、悬崖、狂流、寒溪、冻冰入诗，则流露出一个文弱书生对社会的恐惧，表现了他对世道人心险恶难测的诅咒。

当然，不是孟郊所有的山水诗都是社会的投影，有一部分是他自己心境的写照。诗人一生孤寒凄苦，五十岁才得一溧阳尉，而且接二连三地丧尽子息。从血气方刚的青壮年到多病衰弱的老年，他在人间尝到的多是饥寒与辛酸，家境的贫寒和心境的悲凉使他偏爱凄寒冷酷的意象。除了与韩愈一起的联句外，像"樱桃花参差，香雨红霏霏"(《清东曲》)、"碧玉妆粉比，飞琼秾艳均。鸳鸯七十二，花态并相新"(《南阳公请东樱桃亭子春晏》)这种火爆浓丽的诗句只偶尔一遭，他喜欢把读者带入冰天雪地之中，如"朔雪寒断指，朔风劲裂冰"(《羽林行》)，"秋月颜色冰，志客志气单。冷露滴梦破，峭风梳骨寒"(《秋怀十五首》之二)，"老骨惧秋月，秋月刀剑棱。纤威不可干，冷魂坐自凝"(《秋怀十五首》之六)。他对彻骨的严寒特别敏感：

> 篙工磓玉星，一路随逆萤。朔冻哀彻底，獠馋咏潜腥。冰齿相磨啮，风音酸铎铃。清悲不可逃，洗出纤悉听。碧澉卷已尽，彩缕飞飘零。下蹋滑不定，上栖折难停。哮嘐呷喈冤，仰诉何时宁？
>
> ——《寒溪九首》之四

在他那秋月、朔风、寒溪、坚冰组成的冷酷世界中，又时常夹杂着凄凉痛楚。张戒《岁寒堂诗话》称他的诗"寒苦"[1]，就其山水诗而言，"寒苦"二字倒是抓住了它的主要特征，我们很容易从他笔下自然的寒而感受到诗人心境的悲：

---

1. 张戒：《岁寒堂诗话》,《历代诗话续编》，中华书局1983年，第459页。

晓饮一杯酒，踏雪过清溪。波澜冻为刀，剺割凫与鹥。宿羽皆剪弃，血声沉沙泥。独立欲何语，默念心酸嘶。冻血莫作春，作春生不齐；冻血莫作花，作花发霜啼。幽幽棘针村，冻死难耕犁。

——《寒溪九首》之三

因冻死得食，杀风仍不休。以兵为仁义，仁义生刀头。刀头仁义腥，君子不可求。波澜抽剑冰，相劈如仇仇。

——《寒溪九首》之六

波澜冻成了尖刀，割伤野鸭和水鸥，带血的啼声令人心酸。以往的诗人见到这种景象会掉头而逃，而孟郊却对它分外偏爱。寒溪里的鱼和虾在严寒中被冻死，寒溪上的鸥与鸭在冰天雪地里"血声"酸嘶，酷寒好像还不肯善罢甘休，空中仍然"杀风"不止，水上的波澜还在以冰为剑"相劈如仇仇"。与其说这些山水诗是对自然的写实，不如说它们是诗人心灵的写真更恰当些。

二

与把自然作为社会的投影和心灵的写真相应，孟郊山水诗的意境也别具特色：奇险、苦涩、怒张。谢榛在《四溟诗话》卷四中评孟郊诗说："险怪如夜壑风生，暝岩月堕，时时山精鬼火出焉；苦涩如枯林朔吹，阴崖冻雪，见者靡不惨然。"[1]

他往往选择一些叫人胆寒的自然对象入诗，如溪中獠牙一样的冰块、树下蹲伏的猛兽、傍晚鸣啼的乌鸦、对着人怒号的鸥鸟、峡中发出怪声的螭蛟，还有那能作人声的怪鸟，单从意象上就容易造成骇人的效果。我们来分析一首完整的诗歌：

峡棱剚日月，日月多摧辉。物皆斜仄生，鸟翼斜仄飞。潜石齿相锁，沉魂招莫归。恍惚清泉甲，班烂碧石衣。饿咽漯湲号，涎似泓泓肥。峡春不可游，腥草生微微。

——《峡哀十首》之八

峡石的锋棱把日月划割得破碎不堪，峡两边的树木只能斜仄地生长，连飞禽也不得不斜仄地飞翔，水底的礁石像咬得死死的牙齿，过去不知吞噬了多少人的性命，现在还流着饥饿的涎水叫着要吃人，峡中的春天如此阴惨，刚刚冒芽的微微嫩草也散发着腥气……意象既十分险怪，意境自然非常吓人，再看另一首写景名篇："上天下天水，出地入地舟。石剑相劈斫，石波怒蛟虬。花木叠宿春，风飙凝古秋。幽怪窟穴语，飞闻胖响流。沉哀日已深，衔诉将何求？"（《峡哀十首》之二）一起笔就出语惊人，石剑、蛟虬、风飙、幽怪、

---

1. 谢榛：《四溟诗话》，人民文学出版社1961年，第115页。

窟穴共同构筑了一个奇险至极的诗境，相比于谢灵运的"池塘生春草，园柳变鸣禽"[1]，较之于王维的"江流天地外，山色有无中"，孟郊山水诗给我们创造的境界着实别有洞天。如果说谢、王等人总是把读者领进美丽的洞天福地，孟郊则常常把读者带到丑恶可怕的阴曹地府。

即使是寻常的自然对象，一经孟郊那独特心灵的浸润，也容易产生一种奇险的效果。《游终南山》："南山塞天地，日月石上生。高峰夜留日，深谷昼未明。山中人自正，路险心亦平。长风驱松柏，声拂万壑清……"沈德潜评这首诗说："盘空出险语。"[2]首句状终南山的辽阔，终南山把天地都快要塞满了，次句状终南山的高峻，太阳和月亮都好像从它的石缝里生长出来，诗人对山之高之大的感受奇特而又惊险。王维那首为人称道的《终南山》运笔也极尽夸张："太乙近天都，连山接海隅"，但它雄峻却不奇险，辽阔处还有几分清旷。

孟郊的山水诗根本不能给受伤的心灵以甜蜜的慰藉，因为他的山水诗中充满了难以下咽的苦涩，就像严羽所评的那样：它"读之使人不欢"[3]。他诗中的溪水和鱼不像柳宗元笔下的那般清澈和活泼[4]，而是这么一幅惨象："尖雪入鱼心，鱼心明愀愀。"(《寒溪

1. 谢灵运：《登池上楼》，黄节注《谢康乐诗注》，人民文学出版社1958年，第35页。
2. 沈德潜：《唐诗别裁集》，中华书局1975年影印本，第64页。
3. 严羽著、郭绍虞校释：《沧浪诗话校释》，人民文学出版社1961年，第181页。
4. 参见柳宗元《至小丘西小石潭记》，《柳宗元集》，中华书局1979年，第767页。

九首》之七）他诗中的雪也绝不像王维笔下那般轻盈静谧："洒空深巷静，积素广庭闲"[1]，而是"饥鸟夜相啄，疮声互悲鸣。冰肠一直刀，天杀无曲情。大雪压梧桐，折柴堕峥嵘"（《饥雪吟》）。别的山水诗人乐意在自然中采摘沁人心脾的鲜花，他偏要在自然中选取荆棘；别人在自然中享受清风朗月，他却在自然中只听到虎哮和妇啼；别人在雪景中寄托高洁的情怀，他却在雪天想到"贫为灾"（《雪》）的痛苦；别人游溪体会到的是"行到水穷处，坐看云起时"[2]的渊默与微妙，他在溪水边却感到溪水像他本人一样又"老"又"寒"："溪老哭甚寒，涕泗冰珊珊。"（《寒溪九首》之八）

我们常见的山水诗多表现人与自然的和谐、人与人的和谐、人自身的和谐，这儿没有烦恼、纠葛、矛盾、动荡，诗人在一弯新月、一条小溪、一段曲径中身世两忘。孟郊可不是给我们创造这样一个和谐世界，他的山水诗倾向于表现怒张。大雪将树枝压断（《饥雪》），冰棱刺进鱼腹（《寒溪》），丧侣的猿猴山崖哀叫（《下第东南行》），峡石像老虎那样狰狞，峡水像流着涎水要吃人的猛兽（《峡哀》）。蜜蜂采花在孟郊眼里不是蜂与花在相互亲昵，而是它们在相互敌视，是蜂正在"磨牙"去"咬"花（《济源寒食》）。溪中浪花碰撞飞溅，他没有把这看成是彼此在嬉戏玩耍，而觉得浪花相互像仇

---

1. 王维：《冬晚对雪忆胡处士家》，《王右丞集笺注》，上海古籍出版社1984年，第122页。
2. 王维：《终南别业》，《王右丞集笺注》，第35页。

敌一样在厮打（《寒溪九首》之六）。他几乎在一切自然对象中都感受到了敌意和紧张：

　　　峡乱鸣清磬，产石为鲜鳞。喷为腥雨涎，吹作黑井身。
　　怪光闪众异，饿剑唯待人。老肠未曾饱，古齿蕲岩嗔。嚼
　　齿三峡泉，三峡声斳斳。

——《峡哀十首》之五

　　峡中泉水狂乱地轰响，水珠纷飞像喷出血腥的涎水，水的漩涡像一口口黑洞洞的深井，水面上幽光一闪一闪，礁石如饿剑一般等着人来送命，不知多少人在这儿上了西天，但峡两边的石崖还张着狞牙利齿，嚼齿着峡谷中的泉水，泉水被咬得发出一声声凄戾的哀鸣。诗中的每个意象都好似在相互仇视和对抗，诗境自然也就冷酷而怒张。

三

　　为了创造奇险、怒张的诗境，孟郊在表现手法上惨淡经营，其艺术上的最大特点就是用重笔、敷淡色。韩愈在《荐士》中说孟郊诗歌"横空盘硬语，妥帖力排奡"，因他运笔重而着色素淡，所以他山水诗的语言呈现出一种坚挺瘦劲的特征，也即韩愈十分激赏的所

谓"硬语"。

　　孟郊既然不是借山水来抒发自己退隐的恬淡情怀，自然就用不着以往山水诗人们常用的那种轻微细腻的笔触，去勾画出一个世外桃花源，他多选用些坚硬冰冷的名词和透骨刺耳的动词来刻画景物。且看他如何描写月光——

　　　　秋月颜色冰，老客志所单。

　　　　　　　　　　　　　　——《秋怀十五首》之二

　　　　一尺月透户，仡栗如剑飞。

　　　　　　　　　　　　　　——《秋怀十五首》之三

　　　　老骨惧秋月，秋月刀剑棱。

　　　　　　　　　　　　　　——《秋怀十五首》之六

　　　　日月冻有棱，雪霜空无影。

　　　　　　　　　　　　　　——《石淙十首》之九

　　再看他如何描写风——

　　　　冷露滴梦破，峭风梳骨寒。

　　　　　　　　　　　　　　——《秋怀十五首》之二

岁暮景气干，秋风兵甲声。

——《秋怀十五首》之八

因冻死得食，杀风仍不休。

——《寒溪九首》之七

劲飙刷幽视，怒水慑余湍。

——《石涫十首》之十

　　他山水诗中写得最多的是水，《石涫十首》《寒溪九首》《峡哀十首》，这一连串的组诗都集中笔墨于水，他用一些坚硬的东西来形容它：

朔水刀剑利，秋石琼瑶鲜。

——《石涫十首》之四

屑珠泻潺湲，裂玉何威瑰。

——《石涫十首》之八

绿水结绿玉，白波生白圭。

——《寒溪九首》之三

他的动词和形容词下得狠重有力，《尧哥二首》之二形容山色说："山色挽心肝，将归尽日看。"《商州客舍》这样写在外奔波的游子迷路时的感受：

　　　　四望失道路，百忧攒肺肝。

《寒溪九首》之六用"刷"和"开"这样的动词写天气转晴："瑞晴刷日月，高碧开星辰。"马蹄踏过溪水时的情景，被他说成是"玉蹄裂鸣水"（同上之八），使人像是听到了玻璃砸碎的声音。由于他多用"劈""斫""折""割""摧""破"这一类动词，用笔的狠重容易使语言硬挺。

进入他山水诗中的"物色多瘦削"（《石淙十首》之八），如清冽的溪水、白玉似的坚冰、孤峭的岩石、落尽绿叶的树枝，用笔虽狠重，设色却素淡，就是《看花五首》这样的诗也很少出现大红大绿的意象。我们来看他的《石淙十首》之六是如何着色的：

　　　　百尺明镜流，千曲寒星飞。为君洗故物，有色如新衣。
　　　　不饮泥土污，但饮霜雪饥。石棱玉纤纤，草色琼霏霏。……

诗写的是石淙景点中的一条瀑布，从岩石上挂下的溪水如一面明镜。他特别喜欢写秋冬景物，因为这更投合他偏爱寒素的审美趣味，这个季节到处绿凋红坠，光秃秃的枝条在北风中怒号，地上或下严霜或铺白雪，物色瘦削而又简素。《洛桥晚望》是他一首写景的代表作："天津桥下冰初结，洛阳陌上人行绝。榆柳萧疏楼阁闲，月明直见嵩山雪。"这是洛阳初冬傍晚的景象，榆柳脱去了绿衣，裸露的枝条显得稀疏萧瑟，天津桥下的水刚结薄冰，街上已是行人断绝，白天人声鼎沸的亭台楼阁此刻落漠冷清，远处嵩山的白雪与天空银白的月光上下辉映，薄冰、月色、白雪无一不冰清玉洁，它们共同烘托出一种素洁清冷的诗境。

用笔重而敷色素看起来似乎有点矛盾，其实二者相辅相成：使用坚硬的名词和狠重的动词，与选用色泽简素的形容词，都是为了造成一种骨相嶙峋、瘦硬有力的语言。《文心雕龙·风骨》中讨论过骨力与遣词的关系："捶字坚而难移，结响凝而不滞，此风骨之力也。若瘠义肥辞，繁杂失统，则无骨之征也。"[1]只有削尽绯红俪白的肥词和臃肿浮泛的累句，语言才会有遒劲的骨力，敷色太重容易过肥过腻。"繁华损枝，膏腴害骨"[2]。孟郊选用狠重的动词和坚硬的名词是为"捶字坚而难移"，而设色素淡是为避免"膏腴害骨"，所以他很自负地称"诗骨耸东野"。下面一首写秋景的五古可以看出他用重笔、敷淡色所造成的语言效果。

流运闪欲尽，枯折皆相号。棘枝风哭酸，桐叶霜颜高。

---

1. 刘勰：《文心雕龙·风骨》，《文心雕龙注》，人民文学出版社1958年，第513页。
2. 刘勰：《文心雕龙·诠赋》，《文心雕龙注》，第136页。

老虫干铁鸣，惊兽孤玉咆。商气洗声瘦，晚阴驱景劳。集耳不可遏，噎神不可逃。褰行散余郁，幽坐谁与曹？抽壮无一线，剪怀盈千刀……

——《秋怀十五首》之十二

秋天里"老虫"的叫声用"干铁"来形容，惊兽的咆哮以"孤玉"来摹写，用笔可谓狠重；枝是落尽绿叶的"棘枝"，叶是梧桐经霜的枯叶，诗中几乎没有什么彩色的字眼，设色淡得不可再淡。诗中"商气洗声瘦"不仅点明了秋景的特征，也道出了这首诗语言的艺术特色：瘦劲。

四

许多诗人在现实生活中碰得头破血流以后，就退隐到山水中寻找安慰，山水是他们灵魂的安息之地。孟郊这位愤世嫉俗的诗人，为什么不仅不退隐林泉，反而把自然写得和社会一样险恶可怕呢？

孟郊也曾想在山水中摆脱世俗的喧嚣争斗，"换却世上心，独起山中情"（《题从叔述灵岩山壁》），有时他"为取山水意，故作寂寞游"（《游枋口二首》之一），不过，虽然他对山水诗的鼻祖谢灵运十分推崇，却不能像谢灵运那样在茂林修竹中得到解脱。他的精神境界与自然山水总有点"话不投机"，他山水诗中普遍存在的怒张气氛，说明物我之间存在着某种对抗和紧张，山水诗中经常出现的险恶景象，更表明他对自然有某种恐惧感，他大量的游适诗和行役诗几乎没有表现一点闲适与和谐的情调，抒写在山水之间的恐惧之情倒不少，如《往河阳宿峡陵寄李侍御》：

> 暮天寒风悲屑屑，啼乌绕树泉水喧。行路解鞍投石陵，苍苍隔山见微月。鸡鸣犬吠霜烟昏，开囊拂巾对盘飧。人生穷达感知己，明日投君申片言。

这里的乌鸣不同于张继《枫桥夜泊》中"月落乌啼霜满天"中的"乌啼"，表现的不是淡淡的乡愁，而是对四周景物的惊恐。诗中的"犬吠"也不同于王维《山中与裴秀才迪书》中的"深巷寒犬，吠声如豹"[1]，它不是欣赏犬吠所衬出来的乡村夜晚的宁静，而是表现旷野夜晚的荒凉。

作为庶族地主阶级的文人，孟郊不同于谢灵运那样的贵族士人，既不追求远离世俗的潇洒出尘，也没有在林泉寻求超脱的精神渴求，在现实社会闹得"春风得意"（《登科后一首》）才是他的人生目的。他咒骂世道人心："人间少平地，森耸山岳多"（《君子勿郁郁士有谤者作诗以赠之》），但他又不能同世俗社会决绝；他谴责京城中的当

---

1. 王维：《山中与裴秀才迪书》,《王右丞集笺注》，上海古籍出版社1984年，第332页。

朝权贵："尽说青云路，有足皆可至。我马亦四蹄，出门似无地。玉京十二楼，峨峨倚青翠。下有千朱门，何门荐孤士"（《长安旅情》），权贵的可恨原来就可恨在他们不肯"荐孤士"，使他一直找不到通天的"青云路"，这种指责中又何尝没有对朱门中权贵的艳羡？六十三岁那年的一次春游中，他由眼前的飞花联想到长安落花："长安落花飞上天，南风引至三殿前。可怜春物亦朝谒，唯我孤吟渭水边。"（《济源寒食七首》之五）对名位的热衷破坏了他对山水的感受，春花反而引起了他对目前处境的自怜，发出了人不如花的喟叹。

在自然山水中觉得不自在，都市风物必然很合他的胃口：

都城多笋秀，爱此高县居。伊雒绕街巷，鸳鸯飞阁间。翠景何的砾，霜飔飘空虚。突出万家表，独治二亩蔬。一旬一手版，十日九手锄。

——《立德新居十首》之七

玉蹄裂鸣水，金绶忽照门。拂拭贫士席，拜候丞相轩。德笋未为高，礼至方觉尊。岂惟耀兹日，可以荣远孙。如何一阳朝，独荷众瑞繁。

——《立德新居十首》之九

立德是洛阳东城的街坊，元和元年孟郊任河南水陆转运使时在此筑居，《立德新居十首》这组组诗就是写于此时，五十七岁的诗人

204

到底挤进了东都，这儿洛水绕街巷，处处耸高楼。五十岁那年他赴洛阳候选时就说过："终然恋皇邑，誓以结吾庐。帝城富高门，京路饶胜居。碧水走龙状，蜿蜒绕庭除。寻常异方客，过此亦踟蹰。"（《初于洛中选》）七年以后他真的在帝城结庐了，"终然恋皇邑"的凤愿得以实现，不仅挤进了"洛水绕街巷"的"皇邑"，还赢得了"拜候丞相轩"的机会与身份，所以诗的字里行间洋溢着兴奋和喜悦，他不愿意故作恬淡，毫不掩饰地说"都城多耸秀，爱此高县居""霜禽各啸侣，吾亦爱吾曹"（《立德新居十首》之四）。他的用世之志何其切，对世俗的沉浸又多么深！这种心态怎么可能在山水中躁释虑消，山水又如何成为他本质的对象化呢？

孟郊并不是中唐绝无仅有的一个特例。只要翻翻柳宗元外放后的山水诗和游记，就不难理解孟郊的心态。柳在永州有一篇《囚山赋》，把"楚越之郊"的"万山"当作囚禁自己的牢笼，它们就像打击自己的社会一样可憎："林麓以为丛棘兮，虎豹咆阚代狴之吠嗥。胡井智以管视兮，穷坎险其焉逃……匪兕吾为柙兮，匪豕吾为牢。积十年莫吾省者兮，增蔽吾以蓬蒿。圣日以理兮，贤日以进，谁使吾山之囚吾兮滔滔。"[1]。苏轼说柳的山水诗"忧中有乐，乐中有忧"[2]，这正说明山水对柳来说是一种异己的存在。超脱现实社会不是柳的理想，他梦寐以求的就是在现实社会中实现自己。山

---

1. 柳宗元：《囚山赋》，《柳宗元集》，中华书局1979年，第64页。
2. 引自《柳宗元集》，第1193页。

水清音医治不了柳宗元精神的创伤，重返政治舞台才是解除他苦闷的良药。世俗士子即使要逃遁也要逃向熙熙攘攘的人世，绝不会逃向与世隔绝的山林。白居易、刘禹锡晚年闲居之地是东都洛阳而非远离尘垢的岩壑。功成名就之后，怡情山水是官场的一种调剂；功名未遂之前，山水与他们隔膜无缘；即使在仕途几经挫折之时，他们也没有想到要退到山水中避世，甚至觉得山水和社会一样充满危险。孟郊再不会去幻想世外桃源了，因为他没有陶渊明那种"心放出天地"(《奉报翰林张舍人见遗之诗》)的精神追求，他的此生就要实现在此世，而此世不可能有桃花源,《石淙十首》之七十分清醒地说"逃俗无踪溪"，因此我们可以理解，他笔下的自然不是社会的否定，而是社会的再版和摹写。孟郊的山水诗代表了庶族地主阶级士子体验自然的一种新的情感模式。

第九章

"身死声名在，多应万古传"

——论孟郊在文学史上的地位

这一章我们将既从横的方面——孟郊与同时代人的相互比较阐明他诗歌思想内容的丰富性、深刻性和艺术上的独创性，又从纵的方面——孟郊与前人和后人的联系来分析他诗论和诗歌的特殊意义，试图在文学史上的纵横坐标上给予他和其文学成就与历史影响相称的位置。

一、"自不得无东野一派"

清代毛先舒的《诗辩坻》引谭元春的话说"诗家变化，盛唐已极，后又欲别出头地，自不得无东野、长吉一派"[1]。所谓"东野、长吉一派"或"东野一派"就是韩孟诗派。谭元春敏锐地从诗歌内部的发展规律来探讨"东野一派"诗歌产生的必然性，他的这一观点为清代的叶燮所引申，成为诗学史上一个很有影响的说法。但无论谭元春还是叶燮都似乎忘记了刘勰"文变染乎世情，兴废系乎时序"[2]的深刻命题，致使我们探讨的触须总局限在诗歌本身。我们认为，东野一派的产生是内部原因和外部原因合力的结果。

大历初元结就曾说过："文章道丧盖久矣。时之作者，烦杂过多，歌儿舞女，且相喜爱，系之风雅，谁道是邪？"[3]皎然稍后也指责说："大历中，词人多在江外，窃占青山、白云、春风、芳草以为己有，吾知诗道初丧，正在于此。"[4]大历年间的诗人目睹时世的突变，盛唐时那些浪漫的理想都破灭了，眼前的动乱又不能使他们像稍后的中唐诗人那样激起中兴的希望。他们在世乱面前失去了心理平衡，在现实中一时还找不到自己的位置。于是，他们避开时代的旋涡，除少数诗人外，大多数诗人只偶尔睁眼看一看动乱的现实社会，更多的是用纤弱、软熟的诗句写离情别绪，写山情水意，和他

---

1. 引自毛先舒《诗辩坻》,《清诗话续编》，上海古籍出版社1983年，第83页。
2. 刘勰：《文心雕龙·时序》,《文心雕龙注》，人民文学出版社1958年，第675页。
3. 元结：《刘侍御月夜宴会并序》,《元次山集》，中华书局1961年，第37页。
4. 皎然：《诗式》，引自社科院文学所编《中国文学史》第二册，人民文学出版社1962年，第419页。再版时文字据李壮鹰校注《诗式校注》(齐鲁书社1986年版)校改。

们诗歌整体内容的贫弱、单调一样，他们在艺术上也没有什么新的突破，或者说，诗人精神的萎靡和诗歌内容的贫乏限制了他们艺术上的成就，他们只是吟出了一些细腻、轻灵的诗歌，丝毫不能改变诗坛上的萧条和沉寂。他们没有才情超越李杜所创造的艺术的高峰，又没有找到艺术上新的突破口，于是就出现了诗论家所谓"风格渐降""气骨顿衰"的局面[1]。盛唐诗中那样浓烈的情思消退了，代之而来的是恬静闲适、冷落寂寞的情调；盛唐诗中那种阔大的气象不见了，代之而起的是对淡雅、韵味的追求，只有少数诗人和少数诗作回荡着盛唐的余韵。

贞元后由于经济逐渐复苏，给当时的诗人带来了新的希望，不少诗人不满意大历以来诗歌内容上的贫乏和艺术上的停滞，迫切希望诗歌继承"风雅比兴"的传统，在艺术上也走不出不同于盛唐的新路来。

但是元和时代有"大家材具"的诗人，如诗风奇崛的韩愈（768—824）、浩博的白居易（772—846）、清峭的刘禹锡（772—846）都因年少尚未在诗坛上崭露头角。至于奇幽的贾岛（779—843）和奇艳的李贺（779—816）为人所注目的则更在其后了。大历诗坛的老一辈在贞元以后有的离世，在世的也因老来才尽而停止了歌唱。孟郊（751—814）的年龄比韩、白、柳、刘、元长一二十岁，

---

1. 参见鲁九皋《诗学源流考》(《清诗话续编》，上海古籍出版社1983年，第83页)，及胡应麟的《诗薮》内编卷三(上海古籍出版社1979年，第50页)。

建中、贞元之际他们正当壮年，而且，（一）他出生在中小地主家庭，比出生于上层社会的诗人更了解社会现实；（二）他早年在家乡时参加了皎然等人组成的吴中"诗会"，具备了相当深厚的艺术修养。年龄、出身、修养三个方面的有利条件，使他能上继陈子昂、李白、杜甫、元结所强调的"寄兴""比兴"的诗歌传统，艺术上一反大历以来那种软熟庸弱的诗风，以新的诗歌主张和新的诗歌内容与风格，在贞元时引领一代新的诗风，并在文学史上开创新的诗歌流派。

他一生的心血都凝聚在诗歌创作和诗艺探讨中，他甘于"倚诗为活计"，不戚于贫贱而丧其志，不诱于利禄而易其心。自谓"天疾难自医，诗僻将何攻"（《劝善吟》）。他在《戏赠无本二首》中说：

天高亦可飞，海广亦可源；文章杳无底，斫掘谁能根？
梦灵仿佛到，对我方与论。

只有行家里手才能道出这种甘苦之言。创作上不懈的实践，艺术上勤奋的探索，他终于提出了自己相当成熟且比较系统的诗歌理论，创作了数量可观而风格独异的诗歌。贾岛在《吊孟协律》中说他"集诗应万首，物象曾遍题"[1]。（他现存五百一十首诗中，除去有人以为属伪作的《列仙文》四首外，实存五〇六首。据贾诗推测他的诗歌定然亡佚不少。）他的诗论不只是陈、李、杜的继续，而且还

---

1. 贾岛：《吊孟协律》，《长江集新校》，上海古籍出版社1983年，第31页。

有他个人独到的体认，诗情上强调"气直""情真"，内容上要求"下笔证兴亡"，艺术上主张奇险脱俗，这一诗歌理论后来经过韩愈的引申阐发，奠定了韩孟诗派的理论基础。孟郊的诗歌创作成就对韩孟诗派的形成更有不容忽视的作用。在韩愈与孟郊定交时，孟郊的诗歌风格已经形成，韩愈还是个二十多岁的青年，诗歌创作上还没有形成自己的风格。钱仲联《韩昌黎诗系年集释》卷一中指出："东野诗奇警处甚多，不必与韩往来始奇绝也。"韩愈早年的《长安交游者一首赠孟郊》《孟生诗》《答孟郊》，蒋抱玄分别评曰"意调大率浅露，殆信口为之耳""颇不以险硬见能，亦集中有数之作""光坚响切，自是本色，然不逮孟郊之耐人咀嚼也"[1]。这说明韩愈当时还没有形成后来那种险硬雄奇的风格，诗歌还显得稚嫩而不如孟郊诗那样耐人回味。韩愈诗风形成的众多因素中孟郊诗歌对他的影响是不可忽视的因素之一。明了这一点，就不至于对韩愈为何要"低头拜东野，愿得始终如驱蛩。东野不回头，有如寸莛撞巨钟。吾愿身为云，东野变为龙，四方上下逐东野，虽有离别何由逢"[2]感到奇怪。孟郊尚奇尚古的诗歌理论和创作实践不仅影响了韩愈，也影响了韩孟诗派的其他诗人。毫不夸张地说，没有孟郊，韩孟诗派的形成是不可思议的。当然，我们无意于否认韩诗的杰出成就，更无意否认

---

1. 参见钱仲联集释《韩昌黎诗系年集释》，古典文学出版社1957年，第10、11、18、58页。

2. 韩愈:《醉留东野》，《韩昌黎诗系年集释》，第58页。

他后来成为韩孟诗派的主将这一历史事实。他后来诗歌的成就、在文坛上的地位与声望足以表明这点。但是，韩愈后来成为韩孟诗派的主将这一事实，同样也不能构成对孟郊是韩孟诗派奠基人的否定。而且孟郊的"下笔证兴亡，陈词备风骨"无可辩驳的是白居易"文章合为时而著，歌诗合为事而作"的先声（尽管二者之间的内涵有不少差别）。

我们只有从孟郊所处的特定的文学史阶段，就是说，只有从他既是李、杜和元和之间的桥梁，也是中国一个重要诗人，同时又是韩孟诗派的奠基人这一角度来理解他，才能正确估价他诗论与诗歌的重大意义。近人夏敬观在《说孟》中说："孟东野诗，当贞元、元和间，可谓有一无二者矣。"由于他在诗风上独树一帜且"开创成家"，所以在当时诗坛能"左右风气"[1]。

二、"孟东野始以其诗鸣"

韩愈下面一段话是我们上面提出的论点的最好佐证："唐之有天下，陈子昂、苏源明、元结、李白、杜甫、李观皆以其所能鸣。其存而在下者，孟郊东野，始以其诗鸣，其高出魏晋，不懈而及于古，

---

1. 夏敬观：《说孟》，引自钱仲联集释《韩昌黎诗系年集释》，第541页。

其他浸淫乎汉氏矣。"[1]他在《荐士》诗中更是以孟郊直接李杜。胡应麟《诗薮》外编卷四："按昌黎'国朝盛文章，子昂始高蹈'，中及李、杜而末言孟郊，其意盖专在于诗。"[2]孟郊最先在大历后的诗坛上用五古实践着"下笔征兴亡"的主张，用险硬苦涩的声音鸣出了时代的不幸。

孟诗的内容十分丰富，从各个不同侧面反映了时代精神，关于他的言贫诗我们在上文讨论过，不再费词了。这里特别指出的是，他有不少正面反映社会现实的诗歌。在他的诗集中不难找到乱后惨景：

> 两河春草海水清，十年征战城郭腥。乱兵杀儿将女去，二月三月花冥冥。千里无人旋风起，莺啼燕语荒城里。春色不拣墓旁枝，红颜皓色逐春去。……
>
> ——《伤春》

这首诗反映现实的真实、深刻程度完全可与杜甫的《北征》相媲美。在他诗中常常可以看到他对叛乱的严厉谴责："孟冬阴气交，两河正屯兵。烟尘相驰突，烽火日夜惊。太行险阻高，挽粟输连营。

---

1. 韩愈：《送孟东野序》，《昌黎先生集》卷十九，《四部备要》本，上海中华书局，第202页。
2. 胡应麟：《诗薮》，上海古籍出版社1979年，第198页。

奈何操弧者，不使枭巢倾。犹闻汉北儿，怙乱谋纵横。擅摇干戈柄，呼叫豺狼声。白日临尔躯，胡为丧丹诚？岂无感激士，以致天下平。登高望寒原，黄云郁峥嵘。坐驰悲风暮，叹息空沾缨。"(《感怀》)诗中的"汉北儿"指李希烈叛兵，其时藩镇叛将经常与中央对抗，大唐帝国处处"烽火日夜惊"。诗人因目睹国家的动荡分裂和人民的流离失所而"叹息空沾缨"。他的另一组诗《感怀八首》中也有不少表现社会战乱和民族苦难的佳作，如组诗之二：

> 晨登洛阳坂，目极天茫茫。群物归大化，六龙颓西荒。豺狼日已多，草木日已霜。饥年无遗粟，众马去空场。路傍谁家子，白首离故乡。含酸望松柏，仰面诉穹苍。去去勿复道，苦饥形貌伤。

洛阳这大唐帝国的首善之区居然荒草遍地、豺狼成群，人民由于战乱和饥荒不得不"白首离故乡"，诗人对此只好"仰面诉穹苍"，可造成这一切的不是天灾而是人祸！此诗无疑是曹植那首名诗《送应氏》的回响："步登北邙坂，遥望洛阳山。洛阳何寂寞，宫室尽烧焚。垣墙皆顿擗，荆棘上参天。不见旧耆老，但睹新少年。侧足无行径，荒畴不复田。游子久不归，不识陌与阡。中野何萧条，千里无人烟。念我平常居，气结不能言。"[1]孟郊诗歌在反映社会动乱这

---

1. 曹植：《送应氏》，黄节注《曹子建诗注》，人民文学出版社1957年，第8页。

一点上堪称建安诗歌的遗响，上面孟郊与曹植二诗读来都令人"气结不能言"，难怪他在《赠苏州韦郎中使君》一诗中称道"金玉曹、刘名"了。他还常抒写上层与下层社会经济、政治地位的悬殊，及由此决定的思想感情上的对立：

> 旭日朱楼光，东风不惊尘。公子醉未起，美人争探春。探春不为桑，探春不为麦。日日出西园，只望花柳色。乃知田家春，不入五侯宅。

> ——《长安早春》

他诗集中也不乏为下层人民挨剥削而愤然不平和激烈控诉的作品，乐府《织妇辞》是其代表作之一：

> 夫是田中郎，妾是田中女。当年嫁得君，为君乘机杼，筋力日已疲，不息窗下机。如何织纨素，自着蓝缕衣。官家榜村路，更索栽桑树。

这首诗使人想起宋代名诗"陶尽门前土，屋上无片瓦。十指不沾泥，鳞鳞居大厦"。钱锺书先生指出梅尧臣这首《陶者》明显受了孟诗的影响，而北宋另一诗人张俞的《蚕妇》更是"落在孟郊《织妇辞》的范围里"："昨日入城市，归来泪满巾。遍身罗绮者，不是养蚕人。"《蚕妇》的诗情和诗境简直就是《织妇辞》的翻版[1]。《寒地百姓吟》对下层人民苦难的表现更为真切感人，诗人由对酷寒中百姓"半夜皆立号"的同情变而为对此时此刻权贵正"高堂捶钟饮"的憎恨：

> 无火炙地眠，半夜皆立号。冷箭何处来，棘针风骚劳。霜吹破四壁，苦痛不可逃。高堂捶钟饮，到晓闻烹炮。寒者愿为蛾，烧死彼华膏。华膏隔仙罗，虚绕千万遭。到头落地死，踏地为游遨。游遨者是谁？君子为郁陶。

要明白他上面这些对战后惨象的反映、对不义战争的谴责、对纨绔子弟的申斥、对受剥削人民的同情等杰作的真正分量，只要指出它们大都出现在白居易那些备受人称道的讽喻诗和新乐府之前就够了。遗憾的是，孟郊这些很有深度而且出现在白诗之前的优秀诗歌，过去一直没有博得它应得的赞扬。不过，最能代表孟诗内容特点的不是上面这一类，闻一多在《唐诗杂论》中说："这边老年的孟郊，正哼着他那沙涩而带芒刺感的五古，恶毒地咒骂世道人心。夹在咒骂声中的，是卢仝刘叉的'插科打诨'和韩愈的宏亮的嗓音，向佛老挑衅。那边元稹、张籍、王建等，在白居易的改良社会的大纛下，用律动的乐府调子，对社会泣诉着他们那各阶层中病态的小

---

1. 参见钱锺书《宋诗选注》，人民文学出版社1982年版，第18—19页。

悲剧。"[1]前面我们指出过，他"咒骂世道人心"的内容是在他的言贫诗中表现出来的。他这些揭露统治阶级伪善、猜忌、险恶、贪婪等丑恶现象的诗歌，从另一个角度反映了中唐社会的现实。总之，孟郊不仅是建中后"始以其诗鸣"的第一个诗人，而且他的诗歌与稍后"新乐府运动的精神，是完全一致的"[2]。

三、"造化中一妙"

"郊寒白俗，诗人类鄙薄之，然郑厚评，荆公、苏、黄辈曾不比数，而云乐天如柳阴春莺；东野如草根秋虫，皆造化中一妙。何哉？哀乐之真，发乎情性，此诗之正理也。"[3]如果说孟诗与白诗在内容上是相互补充，共同反映了他们所生活和挣扎于其中的那个社会，那么孟诗的奇险古拙与白诗的坦易流畅这两种特色迥异的诗风则相互映照，使得中唐的诗坛更加五彩缤纷、万紫千红。从艺术的角度看，孟的奇险与白的坦易"皆造花中一妙"。丹纳在《艺术哲学》中指出："真正天才的标识，他的独一无二的光荣，世代相传的义务，就在于脱出惯例与传统的窠臼，另辟蹊径。"[4]下面我们将分析孟郊

---

1. 闻一多：《唐诗杂论》，《闻一多全集》卷三，三联书店1982年，第37页。
2. 刘大杰：《中国文学发展史》卷中，古典文学出版社1958年，第141页。
3. 王若虚：《滹南诗话》卷一，《历代诗话续编》，中华书局1983年，第512页。
4. 丹纳著、傅雷译：《艺术哲学》，人民文学出版社1963年，第339页。

如何在艺术上"另辟蹊径",以及他在同一流派诗人的相同诗歌风貌中所呈现出来的独特个性。

"另辟蹊径"并不意味着蔑视前人的艺术成就,不去继承优秀的文学遗产;相反,只有努力掌握前人的艺术成就、不断熟悉前人的写作路数,才能在创作中不循往则、独出新规。沈德潜在《说诗晬语》中指出:"孟东野诗,亦从《风》《骚》中出,特意象孤峻,元气不无斫削耳。"[1] 李翱《荐所知于徐州张仆射书》:"郊为五言诗,自前汉李都尉、苏属国、及建安诸子、南朝二谢,郊能兼其体而有之。"[2] 孟郊深得《诗经》与古乐府的质朴、古拙,对屈《骚》他也能"酌奇而不失其真",从建安诸子特别是曹植、刘桢等人那里获得了刚劲的笔力,阮籍诗的曲折渊深与孟郊诗的"精深难窥"也存在着一定的联系。明杨慎在《升庵诗话》中就曾指出有些孟郊诗歌"似阮嗣宗"[3]。陶诗的朴素真挚对他的影响就更大了。在众多的影响中要格外提到的是孟郊十分推崇的谢灵运。他在《赠苏州韦郎中使君》中说:

> 谢客吟一声,霜落群听清。文含元气柔,鼓动万物轻。

---

1. 沈德潜:《说诗晬语》,《原诗》《一瓢诗话》《说诗晬语》合集,人民文学出版社1979年,第207页。
2. 引自华忱之校订《孟东野诗集》附录《杂纪》,人民文学出版社1959年,第288页。
3. 杨慎:《升庵诗话》,《历代诗话续编》,中华书局1983年,第754页。

嘉木依性植，曲枝亦不生。尘埃徐庾词，金玉曹刘名。章句作雅正，江山益鲜明。萍蘋一浪草，菰蒲片池荣。曾是康乐咏，如今搴其英。顾惟菲薄质，亦愿将此并。

　　作者在此诗中间接地交代了他诗歌的艺术渊源，并评断了六朝代表诗人艺术上的优劣高下，尤其是表明了自己诗歌创作上追步"谢客"并愿与"此并"的雄心。诗中"萍蘋一浪草，菰蒲片池荣"系谢灵运的"池塘生春草，园柳变鸣禽"（《登池上楼》）和"蘋萍泛沉深，菰蒲冒清浅"（《从斤竹涧越岭溪行》）名句演化而来，谢灵运是描写自然的高手，能准确地把握并表现自然的审美特征，特别是他"善构形似之言"的技巧，他诗歌语言的创辟求新，都给了孟郊有益的启发。像孟郊的"去壮暂如剪，来衰纷似织"（《秋怀十五首》之一）、"冷露滴梦破，峭风梳骨寒"（《秋怀十五首》之二）和"春桃散红烟，寒竹含晚凄""灵味荐鲂瓣，金花屑橙齑"（《与王二十一员外游枋口柳溪》）、"霜落木叶燥，景寒人语清"（《旅次洛城东水亭》）等诗句，对诗眼的选择锤炼和对句法的推敲安排，都明显地受到了谢灵运的影响。从谢灵运至杜甫以来诗语老辣苍劲和奇崛瘦硬的一面，到了孟郊手中得到了更大的发展，并形成了他诗歌的主要风格特征。唐代的山水诗基本是沿袭陶渊明和王维、孟浩然一脉相承的冲和淡远，孟郊的山水诗恐怕是唯一的例外，他从大谢和杜甫的入蜀诗的那一路数来，写得奇险、瘦硬、峭刻。李白诗歌想象的奇幻与构思的奇特也是孟诗的同调。孟郊对前人的艺术成就多有继承，但不是把前人这些艺术技巧机械相加，而是将前人的优点融化成自己诗歌艺术的血液，形成了不同于前人的奇峭、险硬、苦涩而又质朴的诗风。

比起韩诗，孟诗缺乏恢张的气势、宏阔的意境和放纵的笔力，但它比韩诗精粹、奇峻甚至耐人咀嚼。宋以后，韩孟的优劣像李杜、韩柳的优劣一样，一直是诗人和诗话家们无休无止的话题。在宋代最先也是最有影响的"扬韩抑孟"者是苏东坡，晏殊虽是早于苏东坡向孟郊发难，但他没有把韩孟并提，也没有抬高韩愈来贬低孟郊，而苏轼的"要当斗僧清，未足当韩豪"成了苏以后宋人关于孟诗的定论（见前）。苏东坡这个评语的本身并没有什么不当，孟郊的确"未足当韩豪"。问题在他不公正地以韩之长比孟之短。苏东坡的倾向性是显然的。到了元好问就走得更远了："东野穷愁死不休，高天厚地一诗囚。江山万古潮阳笔，合在元龙百尺楼。"[1] 我认为这是元好问不满意唐人的"孟诗韩笔"并称而发的。唐人的"孟诗韩笔"之称是因为"韩公文至高，孟长于五言，时号'孟诗韩笔'"[2]，并不是二者成就大小和技巧高低的比较。苏东坡与元好问的审美趣味异于孟郊，"苏尚俊迈，元尚高华，门径不同，故丹非素"[3]。以个人爱好来抑扬前人，这就难免褒贬任心的主观臆断，因此，苏、元的扬

---

1. 元好问：《论诗绝句三十首》，引自郭绍虞主编《中国历代文论选》第二册，上海古籍出版社1979年，第450页。

2. 王谠：《唐语林》卷二，上海古籍出版社1978年，第54页。

3. 纪昀：《四库全书总目提要》，中华书局1965年影印本，第1292页。

韩抑孟遭到明清尤其是清代人的不满和指责是理所当然的。钱振锽《谪星说诗》："东野诗，其色苍然以深，其声皦然以清，用字奇老精确，在古无上，高出魏晋，殆非虚语。东坡称东野为寒，不知寒正不为诗病，《读郊诗》二首，支凑之极，彼其诗欲与东野作难，无乃不知分量。遗山尊潮阳之笔而称东野为诗囚，尤谬。韩诗支拙处十倍于东野，不以潮阳为诗囚，而以东野为诗囚，可乎？"[1]程学恂在《韩诗臆说》中更是老实不客气地说："东坡直是粗心乱道，而后人又啜其醉醨也。"钱、程的观点在一定程度上代表了潘德舆、薛雪、纪昀、刘熙载等人的看法。清代虽偶有啜苏、元"醉醨"的人，但多数人的看法是韩孟笔力相当，艺术成就各有至处。赵翼的意见很有代表性："盖昌黎本好奇崛谲皇，而东野盘空硬语，妥帖排奡，趣尚略同，才力又相等。一旦相遇，遂不觉胶之投漆，相得无间，宜其倾倒之至也……要之二人工力悉敌，实未易其优劣。昌黎作《双鸟诗》，喻己与东野一鸣，而万物皆不敢出声。东野诗亦云：'诗骨耸东野，诗涛涌退之。'居然旗鼓相当，不复谦让。至今果韩、孟并称。"[2]当代学者钱锺书也认为："韩孟云龙上下，东野《赠无本诗》云：'诗骨耸东野，诗涛涌退之。'尔时旗鼓，已复相当。"（见前）今天研究韩孟二人的关系，大可不必跟着前人去给他们硬排座次、强

---

1. 钱振锽：《谪星说诗》，引自《沧浪诗话校释》，人民文学出版社1961年，第181—182页。
2. 赵翼：《瓯北诗话》，《清诗话续编》，上海古籍出版社1983年，第1165页。

分高下，更多地研究一下二人的相互影响、风格的异同和艺术上的得失或许更有意义一些。

自苏东坡说过"郊寒岛瘦"[1]后，又有了郊岛并称之说。东坡本意显然只是因为二人风格的某些相似才将他们二人并提，并非给二人的艺术成就画等号。后来人们没有去考察东坡的原意而纷纷为东野不平。"岛非郊配"几乎是一致公认的看法[2]。施补华《岘佣说诗》说："孟郊、贾岛并称，谓之'郊寒岛瘦'。然贾万不及孟，孟坚贾脆，孟深贾浅故也。"[3]厉志《白华山人诗说》同样认为"郊、岛何可同日而语也"[4]。贾岛在《投孟郊诗》中说他曾经将孟郊的诗"录之孤灯前，犹恨百首终。一吟动狂机，万疾辞顽躬。生平面未交，永夕梦辄同。叙诘谁君师，讵言无语宗。余求履其迹，君曰但可攻。啜波肠亦饱，揖险神难从。前岁曾入洛，差池阻从龙。萍家复从赵，云思长索索。嵩海每可诣，长途追再穷。愿倾肺肠事，尽入焦梧桐"[5]。由此诗可以看出贾岛把孟郊奉为宗师。他有些诗，如《送沈秀才下第东归》《辩士》《客喜》《寄孟协律》《寓兴》等受孟郊的影响是显而易见的。这些诗中意象的选择和句式结构，都是模仿孟郊《卧病》《借

1. 苏轼：《祭柳子玉文》，《东坡集》卷三十五，《四部备要》本，上海中华书局，第243页。
2. 潘德舆：《养一斋诗话》，上海古籍出版社1983年，第2015页。
3. 施补华：《岘佣说诗》，《清诗话》，上海古籍出版社1978年，第983页。
4. 厉志：《白华山人诗说》，《清诗话续编》，上海古籍出版社1983年，第2282页。
5. 贾岛：《投孟郊诗》，《长江集新校》，上海古籍出版社1983年，第14页。

车》《答友人赠炭》一类诗歌，可以说贾岛的五古基本上以孟郊诗为楷模，他后来把主要精力放在五律上，摆脱了对孟诗的模仿并形成了自己独特的风格。贾诗的奇而幽与孟诗的奇而峭各不相袭。但贾岛的诗情没有孟郊的深挚，而且多佳句却少佳篇，因此，贾"终当逊孟一筹耳"[1]。董文涣在《高密李氏评选孟郊诗序》中说："东野与长江并称，然贾实非郊伍……此老（指孟郊——引者注）学力原本骚雅，胚胎汉魏，三唐诗人唯李、杜、韩可颉颃，岂他家所能拟哉？"

杨慎认为孟郊、李贺的诗歌创作都"祖《骚》宗谢"[2]。钱锺书在《谈艺录》中说："黄之隽《吾堂集》卷五有《韩孟李三家诗选举序》。……黄氏能以东野与退之、昌谷齐称，可谓具眼。"[3]刘熙载曾在孟、韩、李三家中比较过优劣："昌黎、东野两家诗，虽雄富清苦不同，而同一好难争险。惟中有质实深固者存，故较李长吉为老成家数。"[4]李贺是中、晚唐时期一位杰出的诗人。他无疑受过韩、孟等人的影响，从成就来讲他是韩孟诗派一个有力的殿军。因他高才而短命，比起孟郊的苍老劲挺来他的诗确实显得有些稚嫩，但他奇幻的想象、独特的构思、浓丽的色泽、工巧的造语在一定程度上弥补了稚嫩的不足，就某些方面而言，他的成就超过了孟郊也超过了韩愈。

---

1. 余成教：《石园诗话》，《清诗话续编》，上海古籍出版社1983年，第1764页。

2. 杨慎：《升庵诗话》，《历代诗话续编》，中华书局1983年，第851页。

3. 钱锺书：《谈艺录》，香港国光书局1979年，第143页。

4. 刘熙载：《艺概》，上海古籍出版社1978年，第64页。

四、"后之学孟郊者甚多"

孟郊诗歌杰出的艺术成就，在他生前就产生了广泛的影响。"元和已后……诗章则学矫激于孟郊，学浅易于白居易……"[1]他的诗还曾"随过海船"传到了国外[2]。现在再看看他的诗歌对宋以后的影响情况。

宋初西昆体那种香软浮艳、堆垛淫靡的诗风使人们觉得腻味以后，有志于变革的诗人们自然就想起了奇险瘦劲的韩孟诗来。欧阳修大概要算是最先称道孟郊的一个诗人。他在《读〈蟠桃诗〉寄子美永叔》中说："韩孟于文词，两雄力相当。偶以怪自戏，作诗惊有唐。篇章缀谈笑，雷电击幽荒。众鸟谁敢和，鸣凤呼其凰。孟穷苦累累，韩富浩穰穰。穷者啄其精，富者烂文章。……天之产奇怪，希世不可常。"[3]他不仅对韩孟诗歌称赏备至，而且对两家的诗歌艺术特点的把握也相当准确，不难看出他对韩孟诗歌都进行过认真的研究和细心的领会。梅尧臣也极口称赞孟郊诗歌，他质朴而略嫌粗硬的五古雅近孟郊，因为大胆的肯定和热情的赞扬后面必定是虚心的学习模仿。顾黄公在《梅圣俞诗选序》中说："尽矫西昆之习，然体不出韩、孟，时时取法玉川。此所谓英雄者，不无广武之叹。其间简远

---

1. 李肇：《唐国史补》卷下，上海古籍出版社1979年，第57页。

2. 贾岛：《哭孟郊诗》，《长江集新校》，上海古籍出版社1983年，第24页。

3. 欧阳修：《读〈蟠桃诗〉寄子美永叔》，《欧阳永叔集》卷二，上海商务印书馆1936年，第21页。

淡拙，咀嚼味生，诚有之。"[1]但是，当欧阳修将自己与他比之于韩之与孟的时候，他老大不高兴地说："永叔要做韩退之，硬把我做孟郊。"[2]还说："退之昔负天下才，最称东野为奇瑰。欧阳今与韩相似，以我待郊嗟困摧。"[3]对于孟诗来说这几乎是一种奇怪而又普遍的现象：一方面得益于孟郊，一方面又矢口否认、毫不承情。梅尧臣不乐意被人视为当世的"孟郊"，可明李东阳还认为他没有资格当宋代的"孟郊"："或谓梅诗到人不爱处，彼孟之诗，亦曷尝使人不爱哉？"[4]《老生常谈》指出："后之学东野者甚多，却要说是学杜韩撑门面，最是可笑。如王幼华之'峡乱无全天'，非从东野之'楚山争蔽亏，日月无全辉'化出来耶？评者必称为学杜。"[5]公道自在人心，人们并没有忘记孟诗沾溉后人的好处。薛雪认为"黄山谷椠出豫章一派"也是从孟诗"浸淫"[6]。刘熙载说："孟东野诗好处，黄山谷得之，无一软熟语；梅圣俞得之，无一热俗句。"[7]吕本中作《江西

1. 顾黄公：《梅圣俞诗选序》，《白茅堂集》卷三十四，引自《清代诗文集汇编》，上海古籍出版社2010年，第544页。

2. 引自李东阳《麓堂诗话》，《历代诗话续编》，中华书局1983年，第1386页。

3. 梅尧臣：《依韵和永叔澄心堂纸即有》，梅尧臣撰，朱东润校注《梅尧臣集编年校注》，上海古籍出版社1980年，第800—801页。

4. 李东阳：《麓堂诗话》，《历代诗话续编》，第1386页。

5.《老生常谈》，《清诗话续编》，上海古籍出版社1983年，第1798页。

6. 薛雪：《一瓢诗话》，《原诗》《一瓢诗话》《说诗晬语》合集，人民文学出版社1979年，第134页。

7. 刘熙载：《艺概》，上海古籍出版社1978年，第64页。

诗社宗派图》说:"自李杜之出,后莫能及。韩、柳、孟郊、张籍诸人,自出机杼,别成一家。元和之末,无足论者;衰至唐末极矣……诗歌至于豫章始大,出而振之……"(引自赵彦卫《云麓漫钞》)黄庭坚取杜甫险硬一途而参以韩孟,形成了他新奇险僻的诗风。翁方纲《石洲诗话》卷三指出:"逢原诗学韩、孟,肌理亦粗。"[1]王令诗奇妙的构思、生硬的语言确与韩孟有很密切的关系。连不满意孟郊的苏东坡也一边说"我憎孟郊诗",一边又"复作孟郊语"(见前)。他的《迁皋亭》等诗就明显是学孟郊,如"剑米有危炊,针毡无稳坐"与孟郊《古乐府杂怨》之三中"暗蛮有虚织,短线无长缝"在句法、语调上都极其相似[2],同时,他对别人学习孟诗也十分赞许,在《赠葛苇》诗中曾以夸奖的口气说:"小诗试拟孟东野,大草闲临张伯英。"[3]

明代竟陵派的代表人物锺惺和谭元春等人的诗歌也常学孟诗,他们那种幽深孤峭的感情,那种新奇奥涩的诗语明显地带有孟郊诗歌的痕迹,不过,他们的孤峭常流入怪僻。姚莹的《论诗绝句》第五十一首说:"诗到钟谭如鬼窟,至今年少解争诮。请君细读公安集,幽刻终当似孟郊。"此处的"公安"当为"竟陵"之误。其中有一部分也能得孟郊之长,曾刚甫《谭友夏集》中称谭元春的诗文说:"次山有文碎可惋,东野佳处时一遭。"[4]钱锺书先生也说:"友夏以'简远'

1. 翁方纲:《石洲诗话》,《清诗话续编》,上海古籍出版社1983年,第1422页。
2. 苏轼:《迁居临皋亭》,《苏轼诗集》,中华书局1982年,第1054页。
3. 苏轼:《赠葛苇》,《苏轼诗集》,第1372页。
4. 曾刚甫:《谭友夏集》,引自钱锺书《谈艺录》,香港国光书局1979年,第262页。

名堂，伯敬以'隐秀'名轩，宜易地以处，换名相乎。伯敬欲为简远，每成促寒；友夏颇希隐秀，保得扦格。伯敬而有才，五律可为浪仙之寒；友夏而有才，五古或近东野之瘦。"[1]清代许多诗人也取法孟郊，钱载有不少诗就酷似韩、孟，他们用韩、孟的奥峭生涩来避免诗语的烂熟平弱，想以此挽救传统诗歌的没落。同光体代表诗人之一陈三立的诗风与孟诗很近，辛亥前后诗人、学者学习和研究孟诗的热情很高，接连出版了陈延杰的《孟东野诗注》、夏敬观的《说孟》《孟郊诗》等。可惜我对同光体诗人群体的接触有限，难以深入阐述孟郊诗歌对他们的影响。

唐以后的诗人取法孟郊的远不只上面提到的这些。由于笔者时间的紧迫和学识的浅薄，不可遍读相关诗人的诗集，又由于孟诗的效法者不肯承认效法孟郊的实情，这就给研究者带来了麻烦，所以，在上文论到的只算是荦荦大者。孟诗以它独特的艺术成就滋养了无数诗人，我相信一定还会有人记起它、研究它的时候。

还有在孟郊刚离世时，贾岛就十分肯定地断言："身死声名在，多应万古传。"[2]文学史的发展已经并将继续表明：这绝非贾岛个人的私言，而是一个很有眼力的预见。

---

1. 钱锺书：《谈艺录》，香港国光书局1979年，第263页。
2. 贾岛：《哭孟郊诗》，《长江集新校》，上海古籍出版社1983年，第24页。

附录：主要参考书目

孟郊撰、华忱之校订：《孟东野诗集》，人民文学出版社1959年版

夏敬观选注：《孟郊诗》，民国初上海商务印书馆排印本

陶渊明撰、逯钦立校注：《陶渊明集》，中华书局1979年版

黄节注：《谢康乐诗注》，人民文学出版社1958年版

王维撰、赵殿成注：《王右丞集笺注》，上海古籍出版社1984年版

李白撰、王琦注《李太白全集》，中华书局1977年版

杜甫撰、仇兆鳌注：《杜诗详注》，中华书局1979年版

元结撰：《元次山集》，中华书局1961年版

韩愈撰、钱仲联集释：《韩昌黎诗系年集释》，古典文学出版社1957年版

韩愈撰：《昌黎先生集》，《四部备要》本

柳宗元撰：《柳宗元集》，中华书局1979年版

贾岛撰、李嘉言校点：《长江集新校》，上海古籍出版社1983年版

李贺撰、王琦注：《李贺诗歌集注》，上海古籍出版社1978年版

白居易撰：《白居易集》，中华书局1979年版

元稹撰、冀勤校点：《元稹集》，中华书局1982年版

张籍撰：《张司业集》，《四部丛刊》本

苏轼撰、王文诰注：《苏轼诗集》，中华书局1982年版

萧统编：《文选》，中华书局1979年版

逯钦立辑：《先秦汉魏晋南北朝诗》，中华书局1983年版

郭茂倩编：《乐府诗集》，中华书局1979年版

彭定求等编：《全唐诗》，中华书局1960年版

李昉等编：《文苑英华》，中华书局1966年影印本

高棅编：《唐诗品汇》，上海古籍出版社1982年影印本

沈德潜编：《古诗源》，中华书局1963年版

沈德潜编：《唐诗别裁集》，中华书局1975年影印本

刘昫等撰：《旧唐书》，中华书局1975年校点本

欧阳修、宋祁撰：《新唐书》，中华书局1975年校点本

司马光编撰：《资治通鉴》，中华书局1956年校点本

李肇撰：《唐国史补》，上海古籍出版社1979年版

王定保撰：《唐摭言》，古典文学出版社1957年版

王谠撰：《唐语林》，上海古籍出版社1978年版

赵彦卫撰：《云麓漫钞》，古典文学出版社1957年版

刘勰撰、范文澜注：《文心雕龙注》，人民文学出版社1958年版

锺嵘撰、陈延杰注：《诗品注》，人民文学出版社1961年版

弘法大师撰、王利器校注：《文镜秘府论校注》，中国社会科学出版社1983
年版

计有功撰：《唐诗纪事》，中华书局1965年版

魏庆之编：《诗人玉屑》，上海古籍出版社1978年版

严羽撰、郭绍虞校释：《沧浪诗话校释》，人民文学出版社1961年版

胡仔:《苕溪渔隐丛话后集》卷十一，人民文学出版社1962年版

谢榛撰:《四溟诗话》，人民文学出版社1961年版

胡应麟撰:《诗薮》，上海古籍出版社1979年版

王夫之撰、戴鸿森笺注:《姜斋诗话笺注》，人民文学出版社1981年版

叶燮撰:《原诗》,《原诗》《一瓢诗话》《说诗晬语》合集，人民文学出版社
1979年版

薛雪撰:《一瓢诗话》,《原诗》《一瓢诗话》《说诗晬语》合集，人民文学出版
社1979年版

沈德潜撰:《说诗晬语》,《原诗》《一瓢诗话》《说诗晬语》合集，人民文学出
版社1979年版

洪亮吉撰:《北江诗话》，人民文学出版社1983年版

赵翼撰:《瓯北诗话》，人民文学出版社1981年版

何文焕辑:《历代诗话》，中华书局1981年版

丁福保辑:《历代诗话续编》，中华书局1983年版

丁福保辑:《清诗话》，上海古籍出版社1978年版

郭绍虞编:《清诗话续编》，上海古籍出版社1983年版

郭绍虞辑:《宋诗话辑佚》，中华书局1980年版

方东树撰:《昭昧詹言》，人民文学出版社1961年版

刘熙载撰:《艺概》，上海古籍出版社1978年版

郭绍虞主编:《中国历代文论选》(四册)，上海古籍出版社1979—1980年版

闻一多撰:《闻一多全集》卷三，三联书店1982年版

罗根泽撰:《中国文学批评史》，古典文学出版社1957年版

郭绍虞撰：《中国文学批评史》，上海古籍出版社1979年版

陈寅恪撰：《元白诗笺证稿》，上海古籍出版社1978年版

王元化撰：《文心雕龙创作论》，上海古籍出版社1979年版

傅璇琮撰：《唐代诗人丛考》，中华书局1980年版

谭优学撰：《唐代诗人行年考》，四川人民出版社1981年版

李泽厚：《美的历程》，文物出版社1981年版

阎琦撰：《韩诗论稿》，陕西人民出版社1984年版

黑格尔著、朱光潜译：《美学》，商务印书馆1979年版

丹纳撰、傅雷译：《艺术哲学》，人民文学出版社1963年版

别林斯基：《别林斯基选集》，时代出版社1953年版

车尔尼雪夫斯基撰：《车尔尼雪夫斯基美学论文选》，人民文学出版社1957
年版

勃兰兑斯撰：《十九世纪文学主流》，人民文学出版社1980年版

初版后记

　　《孟诗论稿》是我的一篇硕士论文，这次出版除了增加两章节外，其他各部分一仍其旧。没有修改的原因倒不是俗话所说的"文章总是自家的耐看"。这篇文章的稚嫩就是摸象的盲人也能感觉到的，哪还经得起细看呢？我在付梓前曾准备对它进行认真修改，动笔时才发现这篇九年前的旧作，要修改它不是仅仅"美容"一番就能打发的，而是要对它做"内脏移植"或"脱胎换骨"——将它完全重写一遍才行。而改写旧作就像裁缝改做旧衣，其难度比用新布做一件新衣还大，因为旧的改新要受原来材料、样式的局限和束缚，既要顾全旧的条件又要考虑新的要求，这无疑是吃力不讨好的苦差事。如果我有旧作翻新的精力和兴趣，干吗不去另写一本小册子呢？

　　要是现在做学位论文，我也许不会选择孟郊这么一位对话伙伴，即使选择他，我们之间的对话肯定也会在另一个层次上进行。九年前我还是个二十多岁的青年，怎么会爱上这么一个瘦骨嶙峋的"诗魂"呢？这又勾起了我一段美好的回忆——

　　当时我与明华兄同在曹慕樊师门下攻读唐宋文学，我们每周两次上先生家，听先生给我们讲唐诗和目录学，先生和明华喜欢饮浓茶，那时我还不知道"茶有何好"——只喝白开水，唐诗课重点讲杜甫、王维和韩愈的诗歌，授者娓娓而谈，学者静静地听，身坐斗室之中，神驰千载之上，那情景绝非我这干涩乏味的文笔所能形容。说来也怪，先生虽然是杜诗专家，他对韩诗的分析反而对我的触动更大。我按先生的指点读完《杜诗详注》后，接着把《韩昌黎诗系年集释》也找来通读了一遍，原来唐诗中还有这种境界，韩诗的确在李、杜之外别有洞天！当时我觉得只有韩愈的诗才可并肩李杜，奴仆元白。使我大惑不解的是，这样一位既喜欢也有资本目空一切的诗国奇才，这样一位自称"若世无孔子，不当在弟子之列"（《昌黎先生集》卷十八）的文坛泰斗，却对潦倒落拓的孟郊那么敬重，说自己与东野在一起是"自惭青蒿依长松"（《醉留东野》，《韩昌黎诗系年集释》卷一），在《荐士》诗中讲诗歌发展时还把孟郊直接李、杜。贾岛对孟郊更是佩服得五体投地，《投孟郊》完全以门生自处（《长江集》卷二），连白居易也说自己才不逮孟郊（见白居易《与元九书》）。因而，我又兴冲冲地找《孟东野诗集》来读，果然出手不凡！读完了孟郊、韩愈、贾岛诗集后，我就决定毕业论文写韩孟诗派。后来看到不少学者传授做学问的经验时，都强调写论文要"小题大做"而切忌"大题小做"。选韩孟诗派做毕业论文是不是犯了"大题小做"的大忌呢？加之当时时间的确太紧，我有些惶惶然。对先生谈了我的顾虑以后，他觉得先研究孟郊比较合适，认为孟郊是"开风气之先者"。——这就是《孟诗论稿》的成因。

毕业后我又搜集资料，细读韩愈、贾岛和李贺等人的诗歌，准备完成《韩孟诗派研究》，想不到逐渐兴趣他移，旧业荒废；凤愿成空，而《孟诗论稿》依旧。现在的学风热衷于在一本书甚至一篇文章中，把"龙的传人"的所谓文化—心理结构分析得水落石出，谁还愿意坐下来与一穷二白的孟郊倾心交谈呢？会写诗而不会挣钱的活诗人尚且受人白眼，过世了一千多年的死诗人孟郊就更是"门前冷落车马稀"了。因此，《孟诗论稿》尽管稚气未尽，尽管粗糙不堪，我仍像偏爱我那稚气顽皮的儿子一样地偏爱它，因为它留下我当年的稚气、单纯和诚笃，因为它留下了我青春的足印。

这本薄册子从选题构思到字斟句酌，不知花费了曹慕樊师多少心血。如今以年过八旬的高龄，在眼睛近乎失明的情况下，先生还为我这篇习作写了如此之长的序文。捧读先生序文的手稿，我眼眶都湿了。先生一生的命运像孟郊一样坎坷。记得十年前萧涤非教授给他寄来杜诗集注的部分初稿征求意见时，先生和我们谈到他研究杜甫的雄心，我听着心里隐隐发痛。先生渊博而又敏锐，可惜几十年被剥夺了教学和写作的权利，而那正是先生最富于创造力的年华！尽管如此，他从没有流露过怨恨、沮丧和失望的情绪，除了认真教书和写作以外，先生对这个世界别无所求，至今他老人家仍然笔耕不止，"一是想把西方的现代修辞学引进唐宋诗研究中来，一是想把西方现象学引进研究中来"（曹慕樊《杜诗杂说续编·自序》，巴蜀书社1989年版）。先生研究古代文学却毫不保守，吸收西方文化又不崇洋，他一方面清楚地"知道有些东西我们和外国的仅止名词相同，其实是两回事"，一方面他又坚信"一个民族应有自己的圣哲和自己的经典"（同上）。先生犹能与时而俱进，何况我这个后生小子呢？毕业时先生赠我一套《后汉书》和《三国志》，并题其辞曰："陈寿与范晔书，皆文史高文典册，建业熟读勤求之，涵泳数年，必有所得无疑。"还为我写了一册《书目举偶》，按对我专业的重要程度将书分为三类："基础读物""泛览读物""参考书籍"，在每种书后标明了版本、注家。可惜，这些文史中的"高文典册"，我大多数都没有"熟读勤求"，自然也就一无所得，真是愧对先生的厚爱！我一定要诚恳地做人，勤恳地求学，不辜负先生对我的殷切期望。将近十年没有见到先生了，翘首西望，能不依依？

我忘不了论文写作过程中谭优学、徐永年等先生的鼓励和指点，忘不了华中师大和西南师大那些用知识的乳汁哺育过我的老师，同时也忘不了责编张弦生先生为此书的编辑出版所付出的心血，此刻，让我借用孟郊的诗句来表达我对这些师友深深的谢忱："谁言寸草心，报得三春晖。"

戴建业

1993年2月28日 夜

写于华中师大东区宿舍

再版后记

　　这本十几年前出版的习作能有机会重见天日，既要感谢华中师范大学文学院对古代文学学科建设的重视，也要感谢上海古籍出版社长期以来对我的支持，尤其要感谢责编李鸣先生在编辑拙著时所付出的辛勤劳动，是由于他才使我这本习作减少了不少错误。

　　拙著的原文这次再版时基本没有改动，只是将原来的夹注改为脚注，并重新核对了大部分引文，注释也比初版时更为详细和规范。少数原来引书的版本我校图书馆难以找到，这些引文现在所标的页码和卷数，只得以我目前手头易见的版本为准。当年为写本书时所做的资料卡片现在丢光了，极少数引文所标的页码和卷数可能与原书有出入。

　　二十年前写这篇学位论文时，约两个多月的时间就写成了十多万字的初稿，我第一次在写作中尝到了"一气呵成"的快意。先师曹慕樊先生在初版的序文里为拙著说了不少的好话，称拙著"精彩的意见不时涌现"、"讲东野的精神世界很得要领"、论述"既全面又细密"、"是东野千载下的知己"云云，显然是老师对学生的偏爱和鼓励。由于写此书时的我和我现在一样肤浅空疏，由于作为现代较早——也许是最早——的一本比较系统地论述孟诗的专著，拙著必然会留下不少缺陷和遗憾，但它也留下了自己的一得之愚及个人对孟诗的体认，岂敢谬称"东野千载下的知己"，但它可能为今后孟诗及韩孟诗派研究者留下少许的借鉴和更多的教训。

因此，尽管对拙著有诸多不满，但我并没有"悔其少作"或重写少作的意思。记得叔本华在《充足理由律的四重根》第二版《后记》中好像说过，他六十岁时修改二十六岁时的少作，像是一位睿智的老人在同一位谦逊的青年对话。叔本华先生自少至老，对自我的感觉一直都好得出奇，这位对人生如此之悲观的哲人，竟然对自己的才华如此之乐观，他大概要算是人世间最幸福最可爱的人之一了。虽然我比较喜欢读叔本华的文字，但我并不苟同他关于修改少作的高见。中年和老年未必就比青年睿智高明，中老年人的老练可能与世故有关，冷静可能与麻木相联，平允也许是由于四平八稳，客观也许是因为完全磨灭了个性。青少年哪怕是偏激，哪怕是稚嫩，哪怕是肤浅，也显得单纯可爱。古代汉语和现代汉语中都有"老丑"一词，可谁什么时候听人说过"少丑"的呢？

戴建业

2006年7月3日 夜

写于华中师大西区宿舍

第三版后记

　　拙著以《孟郊论稿》书名出过两版，第三版我将书名改为《诗囚：孟郊论稿》。大家知道，"诗囚"这一恶谥来于元好问的《论诗三十首》："东野穷愁死不休，高天厚地一诗囚。江山万古潮阳笔，合在元龙百尺楼。"三十多年前写此书时，我对元好问这一评价深致不满，现在看来以"诗囚"称孟郊形象而又贴切。"夜学晓不休，苦吟神鬼愁。如何不自闲，心与身为仇"（《夜感自遣》）那种"受苦受难"的创作方式，"本望文字达，今因文字穷"（《叹命》）那种悲惨的结局，恐怕连孟郊自己对"诗囚"的绰号也会点头："少壮日与辉，衰老日与愁。日愁疑在日，岁箭迸如仇。万事有何味，一生虚自囚。不知文字利，到死空遨游。"（《冬日》）"一生虚自囚"不是他的夫子自道吗？一方面他对诗具有深厚的兴趣，另一方面对诗又十分功利，因而，一方面他对诗倾注了全身精力，另一方面又不断对诗发泄怨气。遗憾的是，对孟郊这种苦吟的创作方式和这种特殊的创作心理，那时的我还不能深心体贴，自然也不可能作出深入透辟的论述。

　　更为遗憾的是，当年没有一鼓作气将《论韩孟诗派》写出来。人生有些遗憾是"命中注定"，没有哪个人的人生是完美的，有些遗憾是因为懈怠、懒堕或延宕，后一种"可以"也"应该"避免的"遗

238

憾”，才是人生真正的“遗憾”和“痛点”。

拙著出版前我又重读了一遍，也请余祖坤教授审读了一遍，特别要感谢责编段冶先生的细心审校，一一订正了原稿的多处错误。除改正错字和校订原文外，各章节的内容都一仍其旧，完全不是因为对它满意，而是希望保留它的“青涩”。人一天天见老，书却能保持原貌，看到它好像又重回跟着曹慕樊师求学的岁月，又重返与刘明华兄对榻而眠的时光，我们总是生在福中不知福，处在珍贵的年华却不知道珍惜，唉！

戴建业

2018年12月24日 平安夜

于剑桥铭邸枫雅居

[全书完]

扫码关注

和戴建业一起找仙人、采仙草、炼仙丹！

诗囚：孟郊论稿

产品经理｜段　冶　　书籍设计｜陆　震
技术编辑｜顾逸飞　　责任印制｜刘　淼
产品总监｜贺彦军　　出品人｜吴　畏

图书在版编目（CIP）数据

诗囚：孟郊论稿／戴建业著. -- 上海：上海文艺出版社, 2019
ISBN 978-7-5321-7233-7

Ⅰ.①诗… Ⅱ.①戴… Ⅲ.①孟郊（751-814）- 唐诗- 诗歌研究
Ⅳ.①I207.22

中国版本图书馆CIP数据核字(2019)第109192号

出 版 人：陈 徵
责任编辑：陈 蔡
特约编辑：段 冶
封面设计：陆 震

书 名：诗囚：孟郊论稿
作 者：戴建业
出 版：上海世纪出版集团　 上海文艺出版社
地 址：上海市绍兴路7号　 200020
发 行：果麦文化传媒股份有限公司
印 刷：北京文昌阁彩色印刷有限责任公司
开 本：660mm×960mm 1 / 16
印 张：15.75
字 数：166 千字
印 次：2019 年 8 月第 1 版 2019 年 10 月第 4 次印刷
印 数：20,001-25,000
I S B N：978-7-5321-7233-7 / I·5766
定 价：52.00 元

如发现印装质量问题，影响阅读，请联系021—64386496调换。